Ludwig Unflad

Die Shakespeare-Literatur in Deutschland

Ludwig Unflad

Die Shakespeare-Literatur in Deutschland

ISBN/EAN: 9783741120282

Manufactured in Europe, USA, Canada, Australia, Japa

Cover: Foto ©Andreas Hilbeck / pixelio.de

Manufactured and distributed by brebook publishing software
(www.brebook.com)

Ludwig Unflad

Die Shakespeare-Literatur in Deutschland

Die

Shakespeare-Literatur

in

Deutschland.

Versuch einer bibliographischen Zusammenstellung
der in Deutschland erschienenen Gesammt- und
Einzeln-Ausgaben Shakespeares u. der literarischen
Erscheinungen über Shakespeare und seine Werke
von 1762 bis 1879,

bearbeitet von

Ludwig Unflad.

München.
Verlag von L. Unflad.
1880.

INHALT.

—

VORREDE.

ES gibt keinen bessern Massstab für die Einwirkung eines Schriftstellers auf das Volk, als die Zahl der Auflagen seiner Werke und so ist es denn eine äusserst erfreuliche Erscheinung, dass gerade die Werke Shakespeares neben denen unserer bedeutendsten Dichterheroen nicht nur eine ausnahmsweise grosse Anzahl von Auflagen erlebt, sondern auch selbst wieder eine ganze Fluth von Abhandlungen und sonstigen Schriften hervorgerufen haben.

Sich in dieser Masse von Werken zurecht zu finden, ist ohne das Hilfsmittel einer tabellarischen Zusammenstellung äusserst schwierig, ja fast unmöglich. Da nun wohl jeder sich mit der Literatur Befassende öfters in die Lage kommt, sich über irgend eine Ausgabe, über eine Zahl, ein Datum, oder Aehnliches rasch informiren zu wollen, eine derartige tabellarische Uebersicht aber auch ganz abgesehen von ihrem praktischen Nutzen schon überhaupt von allgemeinem Interesse ist, so zweifelt der Herausgeber nicht daran, dass das vorliegende Werkchen Jedem willkommen sein wird.

Es wurde bei der Sammlung des Materials für das vorliegende Büchlein mit der grössten Sorgfalt verfahren, obschon ich keineswegs auf Vollständigkeit Anspruch machen will; es soll eben nur ein Versuch sein. Dagegen bitte ich recht herzlich, mir gütigst jede hiehergehörige literarische Erscheinung, die in dem Büchlein nicht enthalten ist, mitzutheilen; ich bin hiefür sehr dankbar und können dann dieselben in einem Nachtrage oder in eventueller neuer Auflage Aufnahme finden.

München, August 1880.

Ludwig Unflad.

I. Gesammt-Ausgaben.

Chronologisch geordnet.

Shakespeare, W., theatralische Werke. Aus dem Englischen von Chr. Martin Wieland. 8 Bde. gr. 8. Zürich 1762—1766.
— › — — › — Herausg. von J. J. Eschenburg. 13 Bde. gr. 8. Zürich 1775—1782.
— › — Schauspiele. Uebersetzt von J. J. Eschenburg. Neue verbesserte Auflage. 22 Bde. 8. Strassburg & Mannheim 1778—83.
— › — Werke. Herausg. von Gabr. Eckert. 22 Bde. 8. Mannheim 1780—88.
  Inhalt. 1. Bd.: Kurzer Lebensbegriff des W. Shakespere. — Vorbericht z. ersten Auflage. — Vorbericht und Verbesserungen zur neuen Auflage. — Der Sturm. — Ein Sommernachtstraum. — Kritischer Anhang üb. den Sturm u. d. Sommernachtstraum. — 2. Bd.: Die beiden Veroneser. — Gleiches mit Gleichem. — Krit. Anhang üb. d. beiden Veroneser u. Gleiches mit Gleichem. — Zusätze einiger Anmerkungen über das Schauspiel Gleiches mit Gleichem. — Verbesserungen und Berichtigungen. — 3. Bd.: Der Kaufmann von Venedig. — Wie es euch gefällt. — Krit. Anhang über den Kaufmann von Venedig u. Wie es Euch gefällt. — 4. Bd.: Der Liebe Müh ist umsonst. — Das Wintermärchen. — Krit. Anhang üb. beide Stücke. — 5. Bd.: Der heilige Drei Königs Abend oder Was ihr wollt. — Die lustigen Weiber zu Windsor. — Krit. Anhang über beide Stücke. — 6. Bd.: Antonius u. Cleopatra. — Timon von Athen. — Krit. Anhang üb. beide Stücke. — 7. Bd.: Die Kunst, eine Widerbellerin zu zähmen. — Die Komödie der Irrungen. — Krit. Anhang üb. beide Stücke. — 8. Bd.: Hamlet, Prinz von Dänemark. — Titus Andronikus. — Kritischer Anhang üb. beide Stücke. — 9. Bd.: Othello, der Mohr von Venedig. — Romeo u. Julie. — Ueber Othello u. Romeo u. Julie. — 10. Bd.: Viel Lärmen um Nichts. — Ende gut, Alles gut. — Krit. Anhang über beide Stücke. — 11. Bd.: Coriolan. — Julius Caesar. — Krit. Anhang üb. beide Stücke. — 12. Bd.: Macbeth. — Ueb. das Trauerspiel Macbeth. — 13. Bd.: Leben Heinrich's VIII. — Cymbeline. — 14. Bd.: Leben und Tod des Königs Lear. — Ueber Leben u. Tod d. Königs Lear. — 15. Bd.: Leben u. Tod d. Königs Johann. — Leben u. Tod Richard's II. — 16 Bd.: Erster Theil Heinrichs IV. mit dem Leben u. Tode Heinrich's, genannt Hotspur. — Zweiter Theil Heinrichs IV., enthaltend seinen Tod, u. die Krönung Heinrich's V. — 17. Bd.: Leben Heinrich's V. — Erster Theil Heinrich's VI. — 18. Bd.: Zweiter Theil Heinrich's VI. — Dritter Theil Heinrich's VI. — 19. Bd.: Troilus u. Cressida. — Krit. Anhänge üb. d. Leben Heinrich's VI, — über Cymbeline, — üb. Leben u. Tod König's Johann, —

üb. Richard II., — üb. Heinrich IV., 1. u. 2, — über Heinrich V., — üb.
Heinrich VI. 1—3. — üb. Troilus u. Cressida. — 20. Bd.: Gabriel Eckert an
das gelehrte Publikum, wegen der Mannheimer Herausgabe der Werke Shakespeares.
— Leben und Tod Richard's III. — Ueber Leben u. Tod Richard's III. —
Verbesserungen z. 3. bis 20. Bande. — 21. Bd.: Auf Her n Eschenburg's Vor-
rede zam 13. Bde. seiner äusserst fehlerhaften Uebersetzung der Werke Shake-
peare's. — Perikles, Fürst von Tyrus. — Ein Trauerspiel in Yorkshire. — Krit.
Anhang üb. d. Trauerspiel in Yorkshire. — 22. Bd.: Der Londoner Verschwender.
— Lokrine (im Auszuge.) — John Oldcastle. 1. Theil. — Lord Cromwell. -
Die Puritanerin.

Shakespeare, W., dramat. Werke. I—IX. Band. 1. Abtheilg. neu
bearb. von A. W. Schlegel. Berlin 1797—1810. Unger.

— » — Schauspiele, mit krit. Anhängen versehen von J. J. Eschenburg.
Neue ganz umgearbeitete Ausgabe. 12 Bände. gr. 8. Zürich
1798—1806.

— » — dramatic Works. The last containing select explanatory notes published by Karl Fr. Chr. Wagner. VIII vols. gr. 8. Brunswick 1799.

-- » — Plays with the corrections and illustrations of verious commentators;
to which are added notes by S. Johnson and G. Steevens with a
glossarial index. 23 vols. gr. 8. Basel 1800—1802.

— » — Works. With life by Rowe, published by C. Wangen. 8 vols. 8.
Brunswick 1801.

— » — — » — gr. 8. Zurich 1801.

— » — The plays, accurately printed from the text of Steevens, last edition
with a selection of the most important. 20 vols. 12. Leipzig 1804—14.

— » — von Schlegel noch unübersetzte dramatische Werke, übersetzt von
mehreren Verfassern. 3 Theile. gr. 8. Berlin 1809—10.
Inhalt: Cymbeline. — Ende gut, Alles gut. — Viel Lärm um Nichts. — Ein
Wintermärchen. — Die lustigen Weiber von Windsor. — Vom 3. Theil dieser
Ausg. ist nur die erste Hälfte erschienen.

— » — (von Schlegel noch nicht übersetzt) Schauspiele, übersetzt von H.
u. A. Voss. 3 Theile. gr. 8. Stuttg. 1810—15.
Inhalt: 1. Theil: Cymbeline. — Macbeth. — 2. Theil: Wintermärchen. — Coriolan. —
3. Theil: Antonius und Cleopatra. — Die lustigen Weiber zu Windsor. —
Die Irrungen.

— » — sämmtl. dramatische Werke, übersetzt von Schlegel & Eschenburg.
20 Bände. 8. Mit Kupfern. Wien 1812.

— » — dramatische Werke. — Supplemente. — Uebersetzt von Ludw.
Tieck u. J. J. Eschenburg. 2 Bände. 8. Wien 1812.
Inhalt: Pericles, Fürst von Tyrus. — Der lustige Teufel von Edmonton. — Lokrine,
übersetzt von Ludw. Tieck. — Ein Trauerspiel in Yorkshire. — Der London'sche
Verschwender. — Sir John Oldcastle. — Lord Cromwell. — Die Puritanerin, über-
setzt von J. J. Eschenburg.

— » — Plays. Accurately printed from the text of M. Steevens. Last
edition with a selection of the most important notes. XX vols. With
engravings. 8. Wien 1814.

— » — Schauspiele. Uebersetzt von J. H. Voss u. dessen Söhnen H.
und A. Voss. Mit Erläuterungen. 9 Bände. gr. 8. Leipzig 1818—29.
Inhalt: 1. Theil: Der Sturm. Von H. Voss. — Sommernachtstraum. Von J. H.
Voss. — Romeo und Julie. Von demselben. — Viel Lärm um Nichts. Von H.
Voss. — 2. Theil: Der Kaufmann von Venedig. Von J. H. Voss. — Maass für

4

9. Band: Julius Caesar. — Antonius und Cleopatra. — 10. Band: König
Lear. — Timon von Athen. — 11. Band: Macbeth. — Cymbeline. —
12. Band: Coriolan. — Troilus und Cressida. — 13. Band: Hamlet, Prinz
von Dänemark. — König Richard II. — 14. Band: König Heinrich IV. 1. und
2. Theil. — 15. Band: König Heinrich V. — König Heinrich VI. 1. Theil.
— 16. Band: König Heinrich VI. 2. und 3. Theil. — 17. Band: König
Richard III. — König Heinrich VIII. — 18. Band: Titus Andronikus. — Perikles, Fürst von Tyrus. — 19. Band: Othello, der Mohr von Venedig. —
Ueber Shakespeare von J. G. von Herder.

Shakespeare, W., sämmtl. dramatische Werke u. Gedichte; übersetzt
im Metrum des Originals, in einem Bande, nebst Supplement, enthaltend:
Shakespeare's Leben, nebst Bemerkungen und kritischen Erläuterungen. gr. 8. Wien 1826.

— » — dramatische Werke, übersetzt von A. W. v. Schlegel, ergänzt
und erläutert von Ludwig Tieck. 9 Theile. 8. Berlin 1826—33.
Inhalt: 1. Theil: König Johann. — König Richard II. — König Heinrich IV.
— 2. Theil: König Heinrich V. — König Heinrich VI. 1 — 3. Theil. — 3.
Theil: König Richard III. — König Heinrich VIII. — Sommernachtstraum. —
Viel Lärmen um Nichts. — 4. Theil: Heiliger Drei-Königsabend, oder Was
ihr wollt. — So wie es Euch gefällt — Der Kaufmann von Venedig. — Der
Sturm. — 5. Theil: Coriolanus. — Julius Caesar. — Antonius und Cleopatra.
— Maafs für Maafs. — 6. Theil: Titus Andronicus. — Hamlet. — Der
Widerspenstigen Zähmung. — Die Komödie der Irrungen. — 7. Theil: Ende
gut. Alles gut. — Die beiden Veronesen. — Timon von Athen. — Troilus und
Kressida. — 8. Theil: Die lustigen Weiber von Windsor. — Das Winter-
märchen. — Othello. — König Lear. — 9. Theil: Cymbeline — Liebes Leid und
Lust. — Romeo und Julia. — Macbeth.

— » — sämmtliche dramatische Werke und Gedichte, übersetzt im
Metrum des Originals nebst Supplement, enthaltend: Shakespeare's
Leben mit Anmerkungen u. kritischen Erläuterungen. 43 Bände.
Taschenformat. Wien 1828—30.

— » — Works. With notes original and selected by S Singer. 8 vols.
gr. 12. Frankfurt a. M. 1828—32.

— » — dramatic Works from the text of Johnson Steevens and Reed
in one Volume with a biographical memoir, summary remarks on
each play, copious glossary, and variorum notes with a portrait of
Shakespeare. Lex. 8. Frankfurt a. M. 1830.

— » — dramatische Werke, übersetzt von Philipp Kaufmann. Band 1—4.
Berlin 1830—36.
Inhalt. 1. Band: König Lear. — Macbeth. — 2. Band: Othello. — Cymbeline.
— 3. Band: Die beiden Veronesen. — Die lustigen Weiber zu Windsor. —
Viel Lärm um Nichts. — 4. Band: Verlorne Liebesmühe. — Ende gut, Alles
gut, oder gewonnene Liebesmüh. — Die Irrungen.
Von dieser Ausgabe erschienen nur vier Bände.

— » — Plays and Poems accurately printed from the text of the corrected
copies left by the late S. Johnson, G. Steevens, Is. Reed and Edm.
Malone, with notes crit., histor. and explanatory, selected from
the most eminent commentators etc.; to which will be added:
a Supplement by Lewis Tieck. A new Edition in one volume. gr.
Lex. 8. Leipzig 1833.

— » — dramatic Works, with Notes original and selected by Sam. Weller &
Singer. 10 vols. 12. Frankfurt a. M. 1833—34. 2. Aufl. Halle 1843.

Shakespeare, W., Vier Schauspiele; übersetzt von Ludwig Tieck. gr. 8.
Stuttgart 1836.
Inhalt: Eduard III. — Leben und Tod des Thomas Cromwell. — John Oldcastle.
— Der Londoner verlorne Sohn.

— » — sämmtliche Werke; übersetzt von Adolf Böttger u. Anderen.
37 Bändchen. 32. Leipzig 1836.

— » — — » — in einem Bande. Im Verein mit Mehreren übersetzt
und herausgegeben von Julius Körner. Mit Shakespeare's Bildniss.
gr. 4. Schneeberg 1836.
Inhalt: Bruchstücke aus Shakespeare's Leben von J. Körner. — Der Sturm. — Die
beiden vornehmen Herren von Verona, übersetzt von demselben. — Der heilige
Dreikönigsabend, oder was ihr wollt, übersetzt von H. Döring. — König Lear,
übersetzt von Beauregard Pandin (K. F. von Jariges.) Timon von Athen,
übersetzt von G. Regis. — Johannisnachts-Traum, — Viel Lärm um Nichts,
übersetzt von G. N. Bärmann. — Der Kaufmann von Venedig, übers. von
J. Körner. — Verlorne Liebesmühe, übers. von G. N. Bärmann. — Die
lustigen Weiber von Windsor, übers. von H. Döring. — Die Irrungen,
übers. von Beauregard Pandin — Ende gut, Alles gut, übers. von G. N.
Bärmann. — Gleiches um Gleiches, übers. von H. Döring. — Wintermärchen,
übers. von G. N. Bärmann. — Was euch beliebt, übers. von H. Döring. —
König Johann. — Romeo und Julie, übers. von J. Körner. — Zähmung einer
bösen Sieben. — König Richard II., übersetzt von H. Döring. — König
Heinrich IV., übers. von G N. Bärmann. — König Heinrich V., übers. von
J. Körner. — König Heinrich VI., 3 Theile, übers. von H. Döring. — König
Richard III., übers. von J. Körner. — König Heinrich VIII., übers. von G. N.
Bärmann. — Othello, übers. von J. Körner — Troilus und Kressida, übers.
von G. N. Bärmann. — Coriolan, übers. von H. Döring. — Pericles, Fürst
von Tyrus, übers. von G. N. Bärmann. — Julius Caesar. — Antonius u. Cleo-
patra, übers. von J. Körner. — Vermischte Gedichte, übers. von K. Richter.
Die zweite Auflage dieser Uebersetzung erschien mit 40 Holzschnitten u. dem Bild-
nisse Shakespeares ausgestattet. Leipzig 1833 u. 1839.

— » — — » — im Verein mit Mehreren übersetzt. Ein Band. gr. 8.
Wien 1836.

— » — dramatic Works. Printed from the text of the corrected copies
of Steevens and Malone with a life of the poet, by Charles Symmons
DD. A Glossary and sixty embellishments. A new edition. gr. 12.
London & Berlin 1837.

— » — complete Works, printed from the text of the most renoved
editors with nearly 270 engravings; accounts historical and explanatory of each play, a copious and elaborate glossary and the authors
life. Lex. 8. Leipzig 1837—39.

— » — dramatic Works; with life and glossary, and fifty three Illustrations, in VIII volumes. 32. London & Berlin 1838.

— » — dramatic Works in 5 vols. Pocket Edition. 24. London 1838.
Elegante Miniatur-Ausgabe mit Vignetten in Holzschnitten und Kupfern von Ramberg,
Angelika Kaufmann, Smirke, Füseli und Anderen.

— » — sämmtliche Werke; übersetzt von Adolf Böttger u. Anderen.
12 Bände, mit Umrissen und dem Porträt Shakespeare's in Stahlstich. 16. Leipzig 1839.

— » — — » — 12 Bände, ohne Umrisse mit 12 Stahlstichen. 16.
Leipzig 1839.

Shakespeare, W., dramatische Werke, übersetzt von E. Ortlepp.
16 Thle. 8. Stuttgart 1838—30.
Inhalt: 1. Theil: Antonius und Kleopatra. — Maafs für Maafs. — Timon von
Athen. — 2. Theil: Der Kaufmann von Venedig. — Die Komödie der Irrungen.
— Der Sturm. — 3. Theil: Titus Andronikus. — Romeo und Julie. — 4.
Theil: Othello. — Verlorne Liebesmüh'. — 5. Theil: Macbeth. — Julius Caesar.
— Der heilige Dreikönigsabend, oder: Was ihr wollt. — 6. Theil: Hamlet.
— Ein Sommernachtstraum. — 7. Theil: König Lear. — Viel Lärmen um
Nichts. — 8. Theil: Die lustigen Weiber zu Windsor. — Das Wintermärchen.
— 9. Theil: König Johann. — König Richard II. — 10. Theil: König
Heinrich IV. 1. und 2. Theil. — 11. Theil: König Heinrich V. — König
Heinrich VI. 1. und 2. Theil. — 12. Theil: König Heinrich VI. 3. Theil.
— König Richard III. — 13. Theil: König Heinrich VIII. — Troilus und
Kressida. — 14. Theil: Cymbeline. — Die berühmte Keiferin. — 15. Theil:
Coriolan. — Die beiden Edelleute von Verona. — 16. Theil: Wie es Euch
gefällt. — Ende gut, Alles gut.
— , — dramatische Werke von Schlegel u. Tieck. Zweite Auflage.
12 Bände. 8. Berlin 1839—40.
— , — Plays, arranged by Dr. J. Fölsing. 2 vols. Berlin 1840.
Inhalt: Julius Caesar. — The Tempest. — King Richard II. — The merchant
of Venice. — (Schulausgabe Sh'. Dramen.)
— , — Plays with historical explanatory notes, in german by H. S. Pierre.
VIII vols. gr. 12. Frankfurt a. M. 1840.
Inhalt: The merchant of Venice. — King Lear. — Hamlet. — King Henry IV.
1. 2. — Julius Caesar. — The Tempest. — Midsummernightsdream.
— , — choiced Plays containing: Romeo and Julia. — Midsummer
nights dream. — Julius Caesar. — Macbeth. 8. Halle 1840.
— , — Plays and Poems with notes critical, historical and explanatory,
selected from the most eminent commentators by the late Edmond
Malone with Dr. Johnsons preface, a life of the poet by A. Chalmers
and a copious glossary. A new edition in one volume embellished
with 13 Steelengravings. Lex. 8. Leipzig 1840.
— , — dramatic Works from the text of Johnson, Steevens and Reed. 2
vols. 8. Leipzig 1842.
— , — Works. 8 vols. 16. Leipzig, Gebr. Schumann, 1842—43.
— , — dramatic Works. Tauchnitz Edition. Printed from the text of
I. Payne Collier Esq. with the life and portrait of the poet. 7 vols.
16. Leipzig 1843.
— , — dramatische Werke von Schlegel und Tieck. Dritte Auflage. 12
Bände. 8. Berlin 1843—44.
— , — choiced Plays. 8. Hall 1844.
Inhalt: Romeo and Juliet. — Midsummernightsdream. — Julius Caesar. —
Macbeth. —
— , — Selected plays, adapted for the use of youth. 2 vols. 12. Frank-
furt a. M. 1846.
— , — Schauspiele übersetzt u. erläutert von A. Keller und M. Rapp.
8 Bände oder 37 Hefte. 16. Stuttgart 1847.
Inhalt: 1. Band: Othello. — 2. Band: Timon von Athen. — 3. Band: Cymbeline.
— 4. Band: Titus Andronicus. — 5. Band: Lönig Lear. — 6. Band: Perikles,
Fürst von Tyrus. — 7. Band: Verwechslungsstuck. — 8. Band: Troilus u.
Kressida. — 9. Band: Viel Lärmen um Nichts. — 10. Band: Coriolan. —
11. Band: Vergebungsrecht. — 12. Band: Julius Caesar. — 13. Band: Verlorne

Liebesleiden. — 14. Band: Antonius und Kleopatra. — 15. Band: Macbeth. — 16. Band: König Johann. — 17. Band: König Richard II. — 18—19. Band: König Heinrich IV. 1. u. 2. Theil. — 20. Band: König Heinrich V. — 21—23. Band: König Heinrich VI. 1—3. Theil. — 24. Band: König Richard III. — 25. Band: König Heinrich VIII. — 26. Band: Gebrochener Trutzkopf, ein Lustspiel nebst dem Fragment: Der verwoffene Kessellicker. — 27. Band: Ende gut, Alles gut, oder gelohnte Liebesleiden. — 28. Band: Ein Märchen beim Kamin. — 29. Band: Die Freunde von Oporto. — 30. Band: Die bosbaften Windsorinnen. — 31. Band: Dreikönigsabend oder wie ihr wollt. 32. Band: Seesturm. — 33. Band: Ein Traum der Johannisnacht. — 34. Band: Romeo und Giulietta. — 35. Band: Venediger Handelschaft. — 36. Band: Nach Belieben. — 37. Band: Amleth, der Däne.

Familien-Shakespeare. Eine zusammenhängende Auswahl aus Shakespeare's Werken in deutscher metrischer Uebertragung. Mit Einleitungen, erläuternden Anmerkungen und einer Biographie des Dichters von O. L. B. Wolff. Ein Band. Kl. 4. Leipzig 1849.

Shakespeare's dramatische Werke übers. von Aug. Wilh. v. Schlegel u. Ludw. Tieck. 12 Bde. 16. Berlin 1850. G. Reimer. M. 12. — Inhalt: König Johann. König Richard II. König Heinrich IV. 1. Thl. (333 S. m. 1 Stahlst.) — 2. König Heinrich IV. 2. Thl. König Heinrich V. König Heinrich VI. 1. Thl. (368 S. m. 1 Stahlst.) — 3. König Heinrich VI. 2. u. 3. Thl. König Richard III. (421 S. m. 1 Stahlst.) — 4. König Heinrich VIII. Romeo und Julia. Ein Sommernachtstraum. (344 S. m. 1 Stahlst.) — 5. Julius Caesar. Was ihr wollt. Der Sturm. (306 S. m. 1 Stahlst.) — 6. Hamlet, Prinz von Dänemark. Der Kaufmann v. Venedig. Wie es euch gefällt. (366 S. m. 1 Stahlst.) — 7. Der Widerspänstigen Zähmung. Viel Lärmen um Nichts. Die Comödie der Irrungen. (294 S. mit 1 Stahlst.) — 8. Die beiden Veroneser. Coriolanus. Liebes Leid u. Lust. (360 S. m. 1 Stahlst.) — 9. Die lustigen Weiber von Windsor. Titus Andronius. Das Wintermärchen. (332 S. m. 1 Stahlst.) — 10. Antonius u. Cleopatra. Maass für Maass. Timon v. Athen. (372 S. m. 1 Stahlst.) — 11. König Lear. Troilus u. Kressida. Ende gut, Alles gut. (400 S. m. 1 Stahlst.) — 12. Othello. Cymbeline. Macbeth. (396 S, m. 1 Stahlst.)

— » — — » — übers. v. Aug. Wilh. v. Schlegel u. Ludw. Tieck. 4. Octav-Ausg. 12 Bde. 8. m. Portr. in Stahlst. Berlin 1851 — 52. Reimer. M. 18. —

- » — — » — — — » — Neue Ausg. in 9 Bdn. (od. 27 Lfgn.) gr. 16. Berlin 1853—55. G. Reimer. M. 10. 80

» — Dramen. In deutscher Uebersetzung v. Dr. F. Jenken. 6 Thle. 16. Mainz 1853—1855. Janitsch. M. 8. 80 Inhalt: 1. Hamlet. — 2. Julius Caesar. — 3. Romeo u. Juliet. — 4. Othello. — 5. König Lear. — 6. Macbeth.

— » — complete works. The text regulated by the old copies and by the recently discovered folio of 1632, cont. early manuscript emendations. With notes, selected and original, a new and copious glossary, and the poets life. 6 Parts. (M. Portr. in Stahlst.) Leipzig 1853. Baumgärtner. M. 12. —

— » — dramatická díla. 19 Thle. 8. Prag 1855—66. Rziwnatz in Comm. à Thl. M. 1. — Inhalt: 1. Zivot a smrt Krále Richarda III. Prelozil Fr. Doucha. (IV u. 140 S.) (1855). — 2. Hamlet, princ Dáusky. Prelozil J. J. Kolar. (IV u. 139 S.) — Král Lear. Prelozil Ladisl. Celakovsky. (IV u. 128 S.) — 4. Cymbelin.

Prelozil Dr. J. C. (VI u. 128 S.) (1856.) — 5. Veselé ženy Windsorské.
Prelozil J. Maly. (IV und 96 S.) (1856) — 9. Koriolanus. Prelozil Fr.
Doucha. (III und 148 S.) — 7. Antonius a Kleopatra. Prelozil Dr. 1. C.
(IV und 128 S.) (1858) — 8. Král Jindrich VI. Dil 1. Prelozil 1. B.
Maly. (VI. und 96 S.) (1858.) — 9. Král Jindrich V. Prelozil Dr. 1. C.
(115 S.) — 10. Julius Caesar. Prelozil Fr. Doucha. (111 S.) — 11. Kupez
Ilenašky. Prelozil Jos. J. Kolar. (95 S.) — 12. Král Jindrich IV. Dil 1. Pre-
lozil Ladislav Celakovsky. (1859.) — 13. Král Jindrich VI. Dil 2. Preclad 1.
Malcho. (IV. und 112 S.) '(1861.) — 14. Král Richard II. Prelozil Fr. Doucha.
(IV. und 120 S.) — 15. Veta za vetu, Prelozil Dr. 1. Cejka (III. und 100 S.)
— 16. Vecer trikalovy aneb lokoli chiete. Prelozil Fr. Doucha. (V. und 104 S.)
— 17. Král Jindrich VI. Dil 3. Prelozil J. B. Maly. (IV. und 116 S.) (1862.)
— 18. Komedie plna omylu. Prelozil Dr. 1. Cejka. — Muoho pnvyku pro nic za
nic. Prelozil I. Maly. (163 S.) (1864.) — 19. Král Jan. Prelozil Frant Doucha.
(VI. und 112 S.) (1866.)

Shakespeare, W., dramatische Werke übers. u. erläutert v. Adelb. Keller
u. Mor. Rapp. 2. (Titel-) Ausg. in 37 Lfgn. gr. 16. Stuttgart (1843
—46) 1854, Metzler.   M. 7. 40

Inhalt wie in der 1843—46 erschienenen Ausgabe.

— » — Werke. Hrsg. u. erklärt v. Dr. Nicol. Delius. 7 Bde. Lex. 8.
Elberfeld 1854—61. Friederichs.   M. 66. 40

Inhalt: 1. Band: 1. Hamlet, prince of Denmark. (166 S.) M. 2. 40. —
2. Othello, the moor of Venice. (137 S.) M. 2. 20 — 3. King Lear.
(152 S.) M. 2. — 4. Macbeth, (135 S.) M. 1. 80. — 5. Timon of Athens.
(109 S.) M. 1. 80. — 6. Titus Andronicus. (III S.) M. 1. 80 —
II. 1. Romeo and Juliet. (124 S.) M. 1. 60. — 2. Cymbeline. (VIII. und
152 S.) — 3. Troilus and Cressida. (VIII und 128 S.) — 4. Coriolanus. (139
S.) — 5. Julius Cäsar. (101 S.) — 6. Antony and Cleopatra. (140 S.) —
Band III. 1. King John. (104 S.) — 2. King Richard II. (105 S.) — 3. und 4.
King Henry IV. 2 Parts. (232 S.) — 5. King Henry V. (125 S.) à M. 1. 60.
— Band IV. 1 — 3. King Henry VI. 3 Parts. (IX und 262 S.) — 4. King
Richard III. (XVI. und 138 S.) — 5. King Henry VIII. (124 S.) à M. 1. 60.
— Band V. 1. Two gentlemen of Verona. (82 S.) — 2. The comedy of
errors. (72 S.) — 3. Loves labour lost. (97 S.) — 4. All's well that ends
well. (108) — 5. A midsummer—night's dream (85 S.) — 6. The taming of
the shrew (99 S.) — 7. The merchant of Venice. (98 S.) à M. 1. 60. — Band
VI. 1. Much ado about nothing. (86 S.) — 2. The merry wives of
Windsor. (96 S.) — 3. Twelfth night: or what you will. (89 S.) à M. 1. 60. —
4. As you like it. (102 S.) M. 1. 60. — 5. Measure for measure. (103 S.) M.
1.60. — 6. The winters tale. (122 S.) M. 1.60. — 7. The tempest. (87 S.)
M. 1.60. VII. 1. Pericles. (100 S.) M. 1.60. — 2. Poems. (227 S.) M. 3.20. —
3. Biographische Nachrichten, Index. (120 S.) M. 1.60.

— » — dramatische Werke übers. von Aug. Wilh. v. Schlegel u. Ludw.
Tieck. 5. Octav-Ausg. 12 Bde. 8. Berlin 1856—57. G. Reimer.
                                                              M. 18. —

— » — sämmtliche dramatische Werke. Uebersetzt v. A. Böttger, H. Döring,
Alex. Fischer, M. Hilsenberger etc. 12 Bde. m, 12 Stahlst. 16.
Leipzig 1857. Ph. Reclam.   M. 4. —

— » — — » — 12 Bde. 3. Aufl. 16. M. 12 Stahlst. Leipzig 1858.
Reclam.   M. 4. 40

— » — — » — in engl. Einband.   M. 6. —

— » — — » — 5. Aufl. 1859. Preis etc. wie vorstehend.

9

Shakespeare, W., Dramen. Uebersetzt von Rittmstr. C. Heinichen.
5 Hfte. 12. Bonn. 1858—61. Marcus. à M. —. 75
Inhalt 1. Cymbeline. — 2. Coriolanus. — 3. Wintermärchen. — 4. Antonius und
Cleopatra. — 5. Macbeth.
—,: — sämmtliche Werke, übersetzt von Mehreren, herausg. von J. Körner.
Roy. 8. Schneeberg 1863.
— , — dramatische Werke, übers. von Aug. Wilh. v. Schlegel u. Ludw.
Tieck. 6. Oktav-Ausg. 12 Bde. 8. M. Portr. in Stahlst., Berlin 1863
bis 1865. G. Reimer. M. 18. —
— , — complete works. The text regulated by the old copies and by
folio of 1632, containing early manuscript emendations. With notes
selected and original, a copious and almost new glossary, the Poet's
life and portrait. (in Stahlst.) New edit. (Titel-Ausg.) 4. (XX. u.
1060 S.) Leipzig (1853) 1864. L. Zander. M. 6. —
— , — Werke. Hrsg. u. erklärt v. Dr. Nicol. Delius. Neue Ausg. Mit
dem Portr. d. Dichters. In 7 Bdn. Lex. 8. Elberfeld 1864. Friedrichs.
M. 51. —
Inhalt: 1. Hamlet. —Othello. — King Lear. — Macbeth. — Timon of Athens. —
Titus Andronicus. — 2. Romeo and Juliet. — Cymbeline. — Troilus and Cressida.
Coriolanus. —. Julius Caesar. — Antony and Cleopatra. — 3. King John. —
King Richard II. —. King Henry IV. Part. 1. — King Henry IV. Part. 2. —
4. King Henry IV. Part. 3. — King Richard III. — King Henry VIII. —
5. Two gentlemen of Verona. — Comedy of errors. — Love's labour lost. —
All's well that end's well. — A midsummer night's dream. — The taming of
the shrew. — The merchant of Venice. — 6. Much ado about nothing. — The
merry wives of Windsor. — Twelfth night, or, what you will. — As you like it.
— Measure for measure. — A winter's Tale. — The tempest. — 7. Pericles.
— Poems. — Biographische Nachrichten. — Index. — Nachträge und Berichtigungen.
— , — sämmtliche Werke. (Dramen u. Gedichte.) Deutsche Volksaus-
gabe. Neu durchgesehen u. m. e. Biographie, Einleitgn. zu sämmtl.
Stücken u. e. Spruchregister hrsg. von Max Moltke. Mit Shakespeare's
Bildniss (in Holzschn.) u. gegen 300 eingedr. Holzschn. 40 Lfg. gr.
8. Leipzig 1865—66. Shakespeare-Verl. M. 4. —.
— , — — , — 2, Aufl. in 15 Lfgn. gr. 8. Ebda. 1867. M. 4. 50.
— , — Dramen. Nro. 1—25. 16. Leipzig 1865. Ph. Reclam jun.
à M. —. 20
Inhalt: 1. Romeo und Julie. Trauerspiel in 5 Acten. Uebersetzt von Ernst Ortlepp.
(94 S.) — 2. Jul. Caesar. Trauerspiel in 5 Acten. Uebers. von Leop. Petz.
(90 S) — 3. König Lear. Trauerspiel in 5 Acten. Uebers. v. Leop, Petz. (115 S.)
— 4. Macbeth. Trauerspiel in 5 Acten. Uebers. von Ludw, Hilsenberg. (71 S.)
— 5. Othello, der Mohr von Venedig. Trauerspiel in 5 Acten. Uebers. von
E. Ortlepp. (102 S.) — 6. Die Kunst, eine böse Sieben zu zähmen. Lustspiel
in 5 Acten. Uebers. von Karl Simrock. (79 S.) — 7. Hamlet, Prinz v. Dänemark. Trauerspiel in 5 Acten. Uebers. v. Frdr. Köhler. (114 S.) — 8. Der
Kaufmann von Venedig. Schauspiel in 5 Acten. Uebers, von Alex. Fischer.
(77 S.) — 9. Antonius und Cleopatra. Trauerspiel in 5 Acten. Uebers. von
Wilh. Lampadius. (106 S.) — 10. König Richard der Zweite. Tranerspiel in
5 Acten. Uebers. von Thdr. Oelkers. (82 S.) — 11. Der Sturm. Schauspiel in
5 Acten. Uebers. v. Frdr. Köhler. (66 S.) — 12. Die lustigen Weiber von Windsor.
Lustspiel in 5 Acten. Uebers. v. Karl Simrock. (82 S.) — 13. Drei Königs-
abend od. Was ihr wollt. Lustspiel in 5 Acten. Uebers, v. Frdr. Köhler. (76 S.)
— 14.—16. König Heinrich VI. 3 Thle. Trauerspiel in 5 Acten. Uebers, von

Adolf Böttger. (260 S.) — 17. König Richard III. Trauerspiel in 5 Acten.
Uebers. v. Ernst Thein. (108 S.) — 18. Die beiden Edeln von Verona. Schauspiel in 5 Acten. Uebers. von Frdr. Köhler. (67 S.) — 19. Coriolan. Trauerspiel
in 5 Acten. Uebers. v. Leop. Petz. (126 S.) — 20. Der Sommernachtstraum.
Dramatisches Gedicht in 5 Acten. Uebers. v. Alex. Fischer. (65 S.) — 21. und
22. König Heinrich IV. 2 Thle. Schauspiel in 5 Acten. Uebers. von Thdr.
Mügge. (185 S.) — 23. König Heinrich V. Trauerspiel in 5 Acten. Uebers. v.
Heinr. Döring. (99 S.) — 24. König Heinrich VIII. Historisches Schauspiel in
5 Acten. Uebers. v. Ernst Susemihl. (95 S.) — 25. Viel Lärm um Nichts. Lustspiel in 5 Acten. Uebers. v. Alex. Fischer. (76 S.)

Shakespeare, W., dramatische Werke nach der Uebersetzung v. Aug. Wilh.
Schlegel u. Ludw. Tieck sorgfältig revidirt u. theilweise neu bearbeitet, mit
Einleitungen und Noten versehen, unter Redact. v. H. Ulrici hrsg.
durch die deutsche Shakespeare-Gesellschaft. (In 12 Bdn.) 1. Bd.
527 S. 2. Bd. 445 S. 3. Bd. 499 S. 4. Bd. 428 S. 5. Bd.
372 S. 6. Bd. 462 S. 7. Bd. 391 S. 8. Bd. 405 S. 9. Bd. 421 S.
10. Bd. 441 S. 11. Bd. 498 S. 12. Bd. 466 S. gr. 8. Berlin 1867
bis 71. G. Reimer.   à Band M. 2. —
                                                    complet M. 24. —

— » — — » -- u. Sonette in neuen Orig.-Uebersetzgn. v. F. Dingelstedt, W. Jordan, L. Seeger etc. In 10 Bdn. gr. 8. Hildburghausen
1867—71. Bibliograph. Institut.   M. 25. —

— » — sämmtliche dramatische Werke. Deutsche Volksausg. In 12 Bdn.
gr. 16. Leipzig 1867—68. Gebhardt.   M. 6. —.

— » — dramatische Werke. Uebersetzt v. Fr. Bodenstedt, Ferd. Freiligrath,
Otto Gildemeister etc. Nach der Textrevision u. unter Mitwirkung v.
Nicol. Delius. Mit Einleitgn. u. Anmerkgn. Hrsg. v. Frdr. Bodenstedt.
(In 38 Bdchn.) 8. Leipzig 1867—68. Brockhaus. à Bdchn. M. —. 50
                                                    complet M. 19. —

Inhalt: 1. Othello. d. Mohr von Venedig. Uebers. v. Frdr. Bodenstedt. (XVI und
140 S.) — 2. König Johann. Uebers. von Otto Gildemeister. (XII u. 98 S.) —
3. Antonius und Kleopatra. Uebers. v. Paul Heyse. (VIII u. 148 S.) — 4. Die
lustigen Weiber von Windsor. Uebers. von Herm. Kurz. (XXIV u. 127 S.) —
5. Viel Lärmen um Nichts. Uebers. v. Adolf Wilbrandt. (VIII u. 112 S.) —
6. König Richard II. Uebers. v. Otto Gildemeister. (X u. 105 S.) — 7. Macbeth.
Uebers. v. Frdr. Bodenstedt. (XVI u. 103 S.) — 8. u. 9. König Heinrich IV.
1. u. 2. Theil. Uebers. v. Otto Gildemeister. (XXII u. 252 S.) — 10. Romeo
und Julia. Uebers. v. Frdr. Bodenstedt. (XIV u. 120 S.) — 11. Coriolanus.
Uebers. v. Adolf Wilbrandt. (VIII u. 144 S.) — 12. Timon v. Athen. Uebers.
v. Paul Heyse. (VIII u. 109 S.) — 13. König Heinrich V. Uebers. v. Otto
Gildemeister. (XIV u. 120 S.) — 14. Der Kaufmann von Venedig. Uebers. v.
Frdr. Bodenstedt. (X u. 98 S.) — 15—17. König Heinrich VI. Uebers. von
Otto Gildemeister, 3 Thle. (XX u. 199 S. mit 1 Tab. in quer 4. X u. 122
und XII u. 118 S.) — 18. Ein Sommernachtstraum. Uebers. v. Frdr. Boden-
stedt. (VIII u. 83 S.) — 19. König Richard III. Uebers. v. Otto Gildemeister.
(XXVI u. 152 S.) — 20. König Lear. Uebers. v. Geo. Herwegh. (XIV u.
139 S.) — 21. König Heinrich VIII. Uebers. v. Otto Gildemeister. (XX u.
124 S.) — 22. Titus Andronikus. Uebers. v. Nic. Delius. (XII u. 98 S.) —
23. Was ihr wollt oder heiliger Dreikönigsabend. Uebers. v. Otto Gildemeister.
(X u. 117 S.) — 24. Die beiden Veroneser. Uebers. v. Geo. Herwegh. Mit
Einleitungen u. Anmerkungen. (XIV u. 98 S.) — 25. Hamlet, Prinz v. Dänemark. Uebers. v. Frdr. Bodenstedt. (XV u. 152 S.) — 26. Verlorene Liebesmüh. Uebers. v. Otto Gildemeister. (VII u. 122 S.) — 27. Zähmung einer
Widerspänstigen. Uebers. v. Geo. Herwegh. (XI u. 110 S.) — 28. Der Sturm.

Uebers. v. Frdr. Bodenstedt. (VIII u. 90 S.) — 29. Die Komödie der Irrungen.
Uebers. v. Geo. Herwegh. (XI u. 78 S.) — 30. Das Wintermärchen. Uebers.
v. Otto Gildemeister. (XII u. 117 S.) — 31. Perikles, Fürst von Tyrus. Uebers.
v. Nicol. Delius. (XII und 98 S.) — 32. Julius Cäsar. Uebers. v. Otto Gildemeister. (X u. 111 S.) — 33. Mass für Mass. Uebers. v. Frdr. Bodenstedt. (X
u. 113 S.) — 34. Ende gut, Alles gut. Uebers. v. Geo. Herwegh. (XII u.
116 S.) — 35. Cymbeline. Uebers. v. Otto Gildemeister. (XII u. 137 S.) —
36. Troilus und Cressida. Uebers. v. Geo. Herwegh. (VII u. 144 S.) — 37.
Wie es euch gefällt. Uebers. v. Geo. Herwegh. Mit Einleitung und Anmerkgn.
(VIII u. 109 S.) — 38. William Shakespeare. Ein Rückblick auf sein Leben
und Schaffen. Von Frdr. Bodenstedt. (IV u. 170 S.)

Shakespeare, W., sämmtliche dramatische Werke. Uebersetzt v. A. Böttger
H. Döring, Alex. Fischer etc. 12 Bde. 15. Aufl. 16. (2980 S. m.
12 Stahlst.) Leipzig 1867. Ph. Reclam jun. M. 4. 50
— » — — » — in engl. Einband. M. 6. --
— » — Werke. Hrsg. u. erklärt v. Nicol. Delius. Neue Ausg. (In 40
Lfgn.) 2 Bde. Lex. 8. Elberfeld 1868--72. Friedrichs. M. 16. ·-·
— » — dramatische Werke. Nach der Schlegel-Tieck'schen Uebersetzung f. d.
deutsche Bühne bearbeitet von Wilh. Oechelhäuser. 25 Bde. gr. 8\
1870—78. Berlin, Asher & Co. u. Weimar, Huschke.
à Bd. M. 1. 25.
complet in 7 Bde. geb. M. 24. —
— » — — » — übers. v. Aug. Wilh. v. Schlegel u. Ludw. Tieck.
Neue Ausg. 12 Bde. (Bd. 1. 330 S. Bd. 2. 365 S. Bd. 3. 404 S.
Bd. 4. 304 S. Bd. 5. 304 S. Bd. 6. 373 S. Bd. 7. 304 S. Bd. 8.
367 S. Bd. 9. 341 S. Bd. 10. 381 S. Bd. 11. 419 S. Bd. 12. 146 S.)
8. Berlin 1871—73. G. Reimer M. 9. 60.
— » — sämmtliche dramatische Werke. Uebersetzt v. A. Böttger, H. Döring,
Alex. Fischer u. A. 19. Aufl. In 12 Bdn. m. 12 Stahlst. 16. (232,
228, 242, 250, 259, 243, 258, 241, 238, 250, 262, 276 S.) Leipzig
1873. Reclam jr. M. 4. 50.
— » — — » — geb. M. 6. --
— » — dramatische Werke. Uebersetzt v. Frdr. Bodenstedt, Nicol. Delius,
Otto Gildemeister etc. Mit Einleitgn. u. Anmerkgn. Hrsg. v. Frdr.
Bodenstedt. 2. Aufl. 9 Bde. 8. (LXXIV u. 537 : L. u. 517; LV. u. 534;
XLVII u. 455; LIX u. 469; LXII u. 469; LXII u. 428; XLIX
u. 497; LXV u. 510 u. XI.VI u. 556 S.) Leipzig 1873. Brockhaus.
M. 19. —
— » -- — » — geb. M. 27. —
— » — Deutscher Bühnen- u. Familien-Shakespeare. Von Ed. Devrient
u. Otto Devrient. Auswahl der bedeutensten Dramen William Shakespeare's in. Benützung d. gangbarsten Uebersetzungen. 6 Bde. 8.
Leipzig 1873—76. J. J. Weber. M. 12. —
— » — dramat. Werke, nach der Uebersetzung v. Aug. Wilh. Schlegel
u. Ludw. Tieck sorgf. rev. u. theilweise neu bearb., m. Einleitgn.
u. Noten versehen, unter Red. v. H. Ulrici, hrsg. durch die deutsche
Shakespeare-Gesellschaft. 12 Bde. 2. aufs neue durchgesehene Aufl.
gr. 8. Berlin 1877. G. Reimer. M. 24. —

22

Shakespaere, W., Stücke, Sammlung von. Für Schulen hrsg. v. Lehrer Ed. Schmid. 12 Bdch. gr. 8. Danzig 1873—78. Saunier. à Bdch. M. —. 60 cart. M. —. 75

(Man sehe bei den Einzelnausgaben.)

— » — sämmtliche Werke. Uebersetzt v. A. W. Schlegel, Fr. Bodenstedt, N Delius etc. Mit 830 Illustr. (in eingedr. Holzschn. u. Holzschn.-Taf.) v. Sir John Gilbert. (In 48 Lfgn.) 4 Bde. Lex. 8. Stuttgart 1874—76. Hallberger. M. 30. —
In 4 Originalbde. geb. M. 40. —

— » — dramatische Werke, übersetzt von Aug. Wilh. v. Schlegel u. Ludw. Tieck. 1. Illustr. Ausg. m. Einleitgn. v. R. Gosche u. B. Tschischwitz. 8 Bde. 8. Berlin 1874. Grote. M. 22. —

— » — — » — 2. verb. Aufl. 1875.

— » — Werke. Für Haus u. Schule, deutsch m. Einleitgn. u. Noten bearb. v. Cr. Arth. Hager. Bd. 1—5. 8. Freiburg i/B. 1877—79. Herder. M. 15. 60.
geb. M. 20. 60.

Inhalt: Bd. 1. Romeo und Julia. Hamlet, Julius Caesar. (IV, 467 S.) M. 2.40, geb. M. 3.40. — Bd. 2. Der Kaufmann von Venedig. Was ihr wollt. Der Sturm. Ein Sommernachtstraum. (II. 430 S.) M. 2.40, geb. M. 3.40. — Bd. 3. König Johann. König Richard II. König Heinrich IV. König Heinrich V. Die lustigen Weiber von Windsor. (II. 612 S.) M. 3.60, geb. M. 4. 60. — Bd. 4. König Richard III. König Heinrich VI. (Anhang.) König Heinrich VIII. Macbeth. (574 S.) M. 360, geb. M. 4.60. — Bd. 5. König Lear. Othello. Coriolanus. Antonius und Cleopatra. Troilus und Cressida. Timon v. Athen. Wintermärchen. Wie es euch gefällt. (594 S.) M. 3.60, geb. M. 4.60.

— » — ausgewählte Dramen. 1—4. Bd. gr. 8. Berlin 1878—79. Weidmann. 1—4. Bd. M. 7. 20.

Inhalt: 1. Coriolanus. Hrsg. v. Dir. Dr. Al. Schmidt. (254 S.) M. 2. 25. — 2. The Merchant of Venice, Erklärt v. Dir. II. Fritsche. (142 S.) M. 1. 20. — 3. Henry V. Erkl. v. Prof. Dr. W. Wagner. (162. S.) M. 1. 50 — 4. King Lear. Erkl. v. Dr. Alex. Schmidt. (239 S.) M. 2. 25.

— » — dramatische Werke. Uebers. v. Frdr. Bodenstedt, Nic. Delius, Otto Gildemeister etc. Nach der Textrevision u. unter Mitwirkg. v. Nic. Delius. Mit Einleitgn. u. Anmerkgn. Hrsg. v Frdr. Bodenstedt. 3. Aufl. In 38 Lfgn. od. 9 Bdn. 8. Leipzig 1878—79. Brockhaus. M. 18. —

Inhalt: 1. Ein Sommernachtstraum. — 2. Das Wintermärchen. XII, 117 S.) — 3. Die lustigen Weiber von Windsor. (XXIV, 127 S.) — 4. Die beiden Veroneser. (XIV, 98 S.) — 5. Viel Lärmen um Nichts (VIII, 112 S.) — 6. Die Komödie der Irrungen. (XI, 78 S.) — 7. Was ihr wollt oder Heiliger Dreikönigsabend. (X, 117 S.) — 8. Der Sturm. (VIII, 90 S.) — 9. Zähmung einer Widerspenstigen, (XI, 110 S.) — 10. Verlorne Liebesmüh. (122 S) — 11. Mass für Mass. (x, 113 S.) — 12. Perikles, Fürst von Tyrus. (XII, 98 S.) — 13. Der Kaufmann von Venedig. (X, 98 S.) — 14. Wie es euch gefällt. (VIII, 109 S.) — 15. Ende gut, Alles gut, (XII. 98 S.), — 16. König Johann. (XII, 98, S.) — 17. König Richard II. (X, 105 S.) — 18. 19. König Heinrich. IV 1. u. 2. Theil. (XII, 120 u. X, 132 S.) — 20. König Heinrich V. (XIV 120 S.) — 21. 22. König Heinrich VI. 1. u. 2. Thl. (XX, 109 u. X, 122 S.) 23. König Heinrich VI. 3. Thl. (XII, 118 S.) — 24. König Richard III. (XXIV, 152 S.) — 25. König Heinrich VIII, (XX, 1 24 S.) — 26. Hamlet. (XV, 152 S.) — 27. Antonius und Kleopatra. (VIII, 148 S.) — 28. Othello, der Mohr von Venedig. XVI, 40 S.) — 29. Titus Andronicus. (98 S.) — 30. Julius

Caesar. (X, 111.) — 31. Romeo und Julia. (XIV, 120 S.) — 32. Cymbelin.
(XII, 137 S.) — 33. Timon von Athen. (VIII, 109 S.) — 34. Coriolanus.
(VIII, 144 S.) — 35. König Lear. (XIV, 159 S.) — 36. Troilus u. Cressida.
(X, 144 S.) — 37. Macbeth. (XVI, 103 S.) — 38. William Shakespeare.
Ein Rückblick auf sein Leben und Schaffen. Von Frdr. Bodenstedt. (170 S.)
Shakespeare, W., Works. Ed. with critical notes and introductory notices
by Prof. Dr. W. Wagner. In 30 parts. Hamburg 1879. Grädener. à M. — 50.
à cart. M. —. 60

—————————

2. Supplemente, Nachträge etc.
zu den Gesammt-Ausgaben.

(Chronologisch geordnet.)

———

Shakespeare-Vorschule. Herausgegeben u. mit Vorreden begleitet von
L. Tieck. 2 Bde. gr. 8. Leipzig 1823 u. 1829.
Inhalt: Die wunderbare Sage vom Pater Baco. Schauspiel von R. Green. — Arden
von Feversham. — Eine Tragödie. — Die Hexen von Lancashire. Von Th. Heywood.
— Die schöne Emma. Ein Schauspiel. — Die Geburt des Merlin, oder: Das
Kind hat seinen Vater gefunden. Ein Schauspiel von W. Shakespeare und W.
Rowley.
Anmerkungen, kritische Erläuterungen zu W. Shakespeare's sämmtl.
dramatischen Werken. 2 Thle. Wien 1827.
Shakespeare's sämmtliche poetische Werke nebst dessen Leben. Neu
übersetzt. 3 Bdchn. Mit Shakespeare's Porträt in Holzschnitt. 16.
Wien 1839.
— , — Nachträge zu s. Werken v. Schlegel u. Tieck. M. 40 Stahlst.
4 Bde. Stuttgart. 1840.
— , — sämmtliche Schauspiele. Supplemente zu allen Ausgaben, über-
setzt v. H. Döring. 2 Bände. M. 10 Kupfern. gr. 12. Erfurt 1840.
Enthaltend die zweifelhaften Stücke: Der lustige Teufel von Edmonton. — Merlin's
Geburt. — Ein Trauerspiel in Yorkshire. — Der Londoner verlorne Sohn. —
Thomas Lord Cromwell. — Der Feldhüter von Wakefield. — Arden von
Feversham. — Sir John Oldcastle. — Die Puritanerin. — Schön Emma.
— , — Werke, Nachträge. Uebersetzt von E. Ortepp. 4 Bde. 16.
Stuttgart 1840. Neue Aufl. 1842—43.]
Inhalt: 1. Band: Der Londoner verlorne Sohn. — Leben und Tod des Thomas
Cromwell. — Die Geburt des Merlin. — Sir John Oldcastle. — Ein Trauer-
spiel in Yorkshire. — 2. Band: Pericles, Fürst von Tyrus. — Eduard III. —
Der lustige Teufel von Edmonton. — Lokrine — 3. Band: Arden von Fevers-
ham. — Shakespeare's vermischte Gedichte. — Shakespeare's Leben — Ueber
Shakespeare's Werke. — Nachwort zum 3. Supplementband. — 4. Band: Ein-
leitung. — Geistreiche Charaktere. — Seelenvolle Charaktere. — Historische
Charaktere.

Ergänzungsband zu allen englischen Ausgaben u. zur Schlegel-Tieck'schen Uebersetzung v. Shakespeare's dramatischen Werken. Enthaltend die v. J. Payne-Collier i. e. alten Expl. der Fol. Ausg. v. 1632 aufge-fundenen u. hrsg. handschriftl. Bemerkungen u. Textänderungen in übersichtlich vergleichender Zusammenstellung bearb. u. übers. v. Dr. Jul. Frese. Lex. 8. (XXIII u. 282 S.) Berlin 1853. Besser's Verl. M 3. 60.

Supplement-Band zu Shakespeare's dramatischen Werken enth. Beiträge u. Verbesserungen zum Texte derselben. Bearb. u. hrsg. v. F. A. Leo, A. u. d. T.: Beiträge u. Verbesserungen zu Shakespeare's Dramen nach handschriftl. Aenderungen in e. v. J. Payne Collier Esq. auf-gefundenen Expl. der Folio-Ausg. v. 1632, f. d. deutschen Text bearb. u. hrsg. v. F. A. Leo. 8. (XXVII u. 341 S.) Berlin 1853. Asher u Co. M. 5. —

Dramen, Pseudo-Shakespeare'sche. Hrsg. v. Dr. Nic. Delius. 1.—3. Hft. gr. 12. Elberfeld 1854—56. Friederichs. à M. 1. 50.
Inhalt: 1. Eduard III. (XIV, 89 S.) 2. Arden of Feversham. (XVI, 86 S.) 3. The birth of Merlin. (XIX, 87 S.)
— , — — , — 4. u. 5. Hft. (2. Bd.) 8. Elberfeld 1874. Friederichsen. M. 2. —
1. u. 2. Bd. M. 5. —
Inhalt: 4. Mucedorus. (XIV u. 56 S.) — 5. Fair Em. (XIV u. 53 S.)
Doubtful plays. (VII u. 352 S.) gr. 16. Leipzig 1869. Tauchnitz. M. 1. 50
Aus: Collection of britisch authors. Copyright edit. Vol. 1041.

3. Einzelausgaben.

a) Dramen.

Alphabetisch & chronologisch aufgeführt.

Anthony and Cleopatra. Bearbeitet von C. A. Horn. 8. Leipzig 1797.
— , — ein Trauerspiel in 4 Akten, bearbeitet von Ayrenhof. gr. 8. Wien 1801. 1803. 1808. Wien und Leipzig 1813, und zuletzt Wien 1817. J. v. Ayrenhof's Trauerspielen 1. Band.
— , — Uebersetzt von H. Döring. 12. Gotha 1830.
— , — Uebersetzt von W. Lampadius. 32. Leipzig 1836.
— , — — , — (106 S.) Leipzig 1868. Reclam. —. 20
(Bd. 39 d. Universal-Bibliothek.)
— , — Deutsch v. K. Simrock. (105 S.) 8. Hildburgh. 1869. Bibliogr. Instit. —. 75
Aus: Bibliothek ausländischer Classiker, 108. Dd.

Anthony and Cleopatra. Erklärt v. Karl Blumhof. 8. (148 S.) Celle
1869. Schulze.
Aus: Sammlung englischer Schriftsteller m. deutschen Anmerkungen hrsg. v.
Ludwig Herrig. 19. Bdchn.
— › — Auf Grundlage der Tieck'schen Uebersetzg. neu bearbeit. u. f.
die Bühnen eingerichtet v. F. A. Leo. 8. (144 S.) Halle 1870.
Barthel. M. 2. —
— › — Erklärt von Karl Blumhof. (358 S.) Salzw. 1878. Klingenstein.
M. 2. —
(Hft. 10 & 11 d. Samml. engl. Schriftsteller.)
Antonius und Cleopatra. Tragödie in 5 Aufzügen, frei übers. u. bearb.
von Frz. Dingelstedt. 8. (X, 157 S.) Wien 1879. Gerold's Sohn. M. 3. —
Coriolan, übersetzt von Joh. Falk, u. d. T.: Römisches Theater der Eng-
länder und Franzosen. In freien Bearbeitungen nebst Entwickelung
der Charaktere und Zurückführung derselben in ihre Quellen bei den
Alten, besonders beim Plutarch, Livius und Dionys von Halikarnass.
1. Bd. 8. Altenburg 1811.
— › — Travestie von Julius von Voss.
In Travestien und Burlesken zur Darstellunng in geselligen Kreisen. 16.
Berlin 1812.
— › — übersetzt von H. Döring. 12. Gotha 1829.
— › — übersetzt von L. Petz. 32. Leipzig 1836.
— › — — › — (126 S.) Leipzig 1868. Reclam. —. 20
(Bd. 69 d. Universal-Bibliothek.)
— › — Deutsch v. Heinr. Viehoff. (155 S.) 8. Hildburgh. 1869. Bibliogr.
Institut. —. 75
Aus: Bibliothek ausländischer Classiker 110. Bd.
— › — (127 S.) gr. 8. Danzig 1878. Saunier. —. 60
(Bd. 12 der Sammlung Shakespeare'scher Stücke f. Schulen, herausg. v. Dir. E. Schmidt.)
Cymbeline, König von Brittanien; ein Trauerspiel nach einem von
Shakespeare erfundenen Stoff. 8. Danzig 1772.
— › — übersetzt von G. W. Kessler. 8. Berlin 1809.
— › — übersetzt von H. Döring. 12. Gotha 1829.
— › — übersetzt von Phil. Kaufmann. 8. Berlin 1832.
— › — übersetzt von K. Simrock. 32. Leipzig 1836.
— › — Nürnberg & New-York 1839. Campe's Edition.
— › — Schauspiel in 5 Acten. Uebers. v. Aug. Bürck. 8. (XXIII u.
216 S.) Wien 1851. Gerold. M. 3. 60
— › — Für die deutsche Bühne bearb. v. Ernst Rommel. (Als Mscr.
f. die Bühnen gedr.) 12. (V. u. 89 S.) Hannover 1860. Lohse.
M. 1. 20
— › — Deutsch von W. Jordan. (151 S.) 8. Hildburghausen Bibl. Inst. 1867. — 75
Aus: Bibliothek ausländischer Classiker. 51. Bd.
— › — übersetzt von K. Simrock. (108 S.) Leipzig 1870. Reclam. —.20
(Bd. 225 d. Universal-Bibliothek.)
— › — Drama in 5 Aufzügen. Mit freier Benutzung der Schlegel-Tieck-
schen Uebersetzung f. die deutsche Bühne bearb. v. A. v. Wolzogen.
8. (123 S.) Leipzig 1872. Cnobloch. M. 1. 50

Die beiden Edlen von Verona. Schauspiel in 4 Akten; nach Shakespeare von Kleedig. 8. Leipzig 1802.

Die beiden Veroneser. Uebersetzt von J. Meyer. 12. Gotha. 1827.

— » — Uebersetzt von Phil. Kaufmann. 8. Berlin 1835.

— » — Uebersetzt von A. Fischer. 32. Leipzig 1836.

The two gentlemen of Verona. ½ 12. Nürnberg & New-York 1837. Campe's Edition.

Der Liebe Lohn verloren und die beiden Edelleute von Verona. Deutsch v. Karl Simrock. (214 S). 8. Hildburghausen 1867. Bibliogr. Instit.

Aus: Bibliothek ausländischer Classiker. M. 1. 40

Die beiden Edlen von Verona. Uebersetzt von F. Köhler. (67 S.) Leipzig 1868. Reclam. (Bd. 66 d. Univ.-Bibliothek.) —. 20

Ende gut, Alles gut. Uebersetzt von G. W. Kessler. 8. Berlin 1809.

— » — Uebersetzt von H. Döring. 12. Gotha 1828.

— » — Uebersetzt von Th. Oelckers. 32. Leipzig 1836.

— » — Uebersetzt von Phil. Kaufmann. 8. Berlin 1836.

— » — Deutsch von K. Simrock. (120 S.) 8. Hildburghausen 1870. Bibl. Inst. —. 60.

Aus: Bibliothek ausländischer Classiker, 126. Bd.

— » — Leipzig 1876. Reclam. —. 20.

(Bd. 896 d. Universal-Bibliothek.)

Hamlet, der neue, worin Piramus und Thisbe als Zwischenspiel gespielt wird. Von J. von Mauvillon.

In: Mauvillon, Gesellschaftstheater. 2. Bd. 8. Leipzig 1790.

— » — Nebst Brockmann's Bildniss als Hamlet und der zu dem Ballet verfertigten Musik. 3. genau durchgesehene Auflage. 8. Berlin 1795.

— » — Prinz von Dänemark; Marionettenspiel von J. F. Schink.

In: Momus und sein Guckkasten. 8, Berlin 1799.

— » — Uebersetzt von A. W. v. Schlegel. gr. 8. Berlin 1800. Neue Aufl. 8. Ebda. 1844. Neue Aufl. Ebd. 1850.

— » — Ein Trauerspiel in 5 Akten. gr. 8. Zürich 1805.

— » — Prinz von Dänemark. Karrikatur in 3 Akten. 8. Wien 1807.

— » — Für das deutsche Theater bearbeitet von K. Jul. Schütz. gr. 8. Leipzig 1806. Neue Titelausgabe. Altona 1819.

— » — Ein Trauerspiel in 6 Aufzügen. Nach Goethe's Andeutungen in Wilhelm Meister und A. W. Schlegel's Uebersetzung für die Bühne bearbeitet von C. Klingemann. 8. Leipzig 1815.

— » — Zum Behuf des Hamburger Theaters übersetzt von F. L. Schröder. 8. Hamburg 1778. Neue rechtmässige Ausgabe 1804; zuletzt in F. L. Schröder's dramatischen Werken herausgegeben von E. von Bülow, eingeleitet von Ludwig Tieck. gr. 8. Berlin 1831.

— » — The tragicall Historie of Hamlet, Prince of Denmarke. As is hath beene diuerse times acted by this-Highness seruants in the Cittie of London: as also in the two Uniuersities of Cambridge and Oxford and elsewhere. At London printed for N. L. and John Trundell, 1603. This first Edition verbally reprinted. 8. Leipzig 1825.

— » — Uebersetzt von H. Döring. 12. Gotha 1829.

— » — Eine Tragödie in 5 Akten, übersetzt von J. B. Mannhart. Lex. 8. Sulzbach 1830.

Hamlet. In deutscher Uebertragung. gr. 8. London (Hamburg) 1834.
— › — Uebersetzt von K. Simrock. 12. Leipzig 1836.
— › — ½ 12. Nürnberg und New-York. 1837. Campe's Edition.
— › — Uebersetzt von R. J. L. Samson von Himmelstiern. gr. 12.
Dorpat 1837.
— › — Die erste Ausgabe der Tragödie Hamlet. London, gedruckt bei
Nicolaus Ling und J. Trundell, 1603. Uebersetzt von A. Ruhe. gr.
8. Inowraclaw. (Berlin). 1844.
— › — Grammatisch und sachlich zum Schul- und Privatgebrauch er-
läutert von J. Hoffa. 8. Braunschweig. 1845.
— › — Prinz von Dänemark Drama in 5 Aufzügen, übersetzt von v.
Hagen. 4. Berlin 1848.
— › — a tragedy. Mit Sprache und Sachen erläuternden Anmerkungen,
für Schüler, höhere Lehranstalten und Freunde des Dichters. gr. 8.
Leipzig 1849.
— › — Uebers. v. A. W. Schlegel. 16. (218 S. m. 1. Stahlst.) Berlin
1850. Reimer. In engl. Einband m. Goldschn.   M. 3. —
— › — Bearb. von Dr. E. W. Sievers. 8. (264 S.) Leipzig 1851.
Engelmann.   M. 2. 75
Aus: Sievers, Gymn. Oberl. Dr. E. W., Shakespeares Dramen f. weitere Kreise
bearb. I. Bd.
— › — Prinz von Dänemark. Deutsch durch Dr. Ferd. Köhler. 16.
(VI. u. 226 S.) Leipzig 1856. Ph. Reclam, jun.   M. 1. 50
— › — prince of Denmark, a tragedy. (VII. 231 S.) gr. 8. Leipzig
1857. Thomas.   M. 2. 40
Aus: Shakespenre, the college, in which nothing is added to the original text,
but those words and expressions are omitted, which cannot with propriety be
read before young students. With copious english explanatory notes by Dr. Otto
Fiebig. Vol. I.
— › — Hrsg. v. Karl Elze. gr. 8. (LXIV u. 272 S.) Leipzig 1857.
G. Mayer.   M. 4. —
— › — Prinz von Dänemark. Tragödie. Deutsch v. Edm. Lobedanz.
16. (XV u. 208.) Leipzig 1857. Brockhaus. M. 2. 40. in engl. Einb.
m. Goldschn.   M. 3. —
— › — A tragedy. Edited and revised. (Text.) gr. 8. (III u. 103 S.)
Leipzig 1857. G. Mayer.   — . 75
— › — erläutert durch C. Rohr-Lach. Berlin 1859.   M. 3. —
— › — 16. (142 S. m. 1 Holzschntaf.) Leipzig 1862. B. Tauchnitz.
In engl Einb. m. Goldschn.   M. 2. —
— › — Prinz von Dänemark. Deutsch von Herm. v Plehwe. 8. (V u.
217 S.) Hamburg 1862. Boyes & Geisler.   M. 3. —
— › — Deutsch v. Ludw. Seeger. (200 S.) Hildburghausen 1865. Bibliogr.
Institut.   — . 90
Aus: Bibliothek ausländischer Classiker. 3. Bd.
— › — Uebers. v. F. Köhler. (114 S.) Leipzig 1868. Reclam. — . 20
(Bd. 31 d. Univ.-Bibliothek.)

2

Hamlet, Prince of Denmark. Bericht. u. erkl. v. Dr. Benno Tschischwitz.
Nebst historisch-krit. Einleitgn. gr. 8. (XLVIII u. 193 S.) Halle 1869.
Barthel. M. 3. —
Aus: Shakespeare, sämmtl. Werke. Englischer Text, berichtigt u. erklärt von Dr.
Benno Tschischwitz. I. Bd.
— , — The tragical historie of Hamlet, prince of Denmark. Edited ac-
cording to the first printed copies, with the various readings, and
critical notes by F. H. Stratmann. gr. 8. (VI u. 119 S.) Crefeld
1869. Gehrich & Co. M. 3. —
— , — Englisch und deutsch. Neu übersetzt u. erklärt v. Max Moltke.
(In 8 Liefgn.) Leipzig 1869—70. M. 8. —
— , — — , — Schreibp. M. 12. —
— , — englisch u. deutsch. Text v. 1603 u. 1604. — Quellen —
Varianten — Noten — Excurse — Commentar-Literatur — Glossar.
Hersg. v. M. Moltke. (In 15 Lfgn..) Lex. 8. Leipzig 1871. Deutsche
Volksbuchhandlung. M. 15. —
— , — Erklärt v. Conr. Dr. Jacob Heussi. 2. (Titel) Aufl. gr. 8. (VIII
u. 307 S.) Leipzig (1868) 1872. Frohberg. M. 3. —
— , — Prinz von Dänemark. In wort- u. sinngetreuer Prosa-Ueber-
setzg. von C. Hackh. Mit einleit. krit. Studien, der Amleth-Sage
nach Saxo-Grammatikus, u. e. kurzgefassten Zusammenstellg. v.
Urtheilen üb. die Tragödie Hamlet, insbesondere üb. den so räth-
selhaften Charakter d. Prinzen Hamlet, v. Johnson, Göthe, Herder,
Börne, Gervinus, Kreyssig, Vischer und Anderen. gr. 8. (LXXII u.
160 S.) Stuttg. 1874. Aue. M. 4. —
— , — — , — geb. M. 5. —
— , — Prinz von Dänemark. Trauerspiel. Englisch u. deutsch, nach der
Uebersetzg. von A. W. v. Schlegel, hersg. v. Max Moltke. Edition
Lenz. 64. (319 S.) Leipzig 1879. Lenz. M. 1. 50
geb. M. 2. 25. — in Liebhaberbd. M. 2. 50
König Heinrich IV. 2 Thle. Uebersetzt von H. Voss. Mit Erläuterungen. gr. 8. Stuttgart 1822.
— , — 2 Thle. Uebers. von H. Döring. 12. Gotha 1829 u. 1834.
King Henry IV. Drama in two Parts. — Mit kritischen, historischen,
besonders aber mit erklärenden Noten für den Gebrauch in höheren
Lehranstalten, von Fr. E. Feller. gr. 8. Leipzig 1830.
— , — 2 Parts. With historical and grammatical explanatory notes in
german by J. M. Pierre. 12. Frankfurt a. M. 1833.
König Heinrich IV. 2 Theile. Uebers. v. Th. Mügge. 32. Leipzig 1836.
— , — — , — — , — 2 Theile. (89 u. 96 S.) Leipzig. 1868. Reclam.
—. 40
(Bd. 81 u. 82 d. Univ.-Bibliothek.)
— , — 1. u. 2. Thl. Deutsch v. Heinr. Viehoff. (124 u. 136 S.) 8.
Hildburgh. 1869. Bibliogr. Instit. M. 1. 30
Aus: Bibliothek ausländischer Classiker. 114. und 115. Bd.
— , — Ein Schauspiel in 5 Aufzügen, für's deutsche Theater eingerichtet
von F. L. Schröder. 8. Wien 1872.

König Heinrich V. Uebers. von H. Döring. 12. Gotha 1834.
— , — Uebers. v. H. Döring. (99 S.) Leipzig 1868. Reclam. —. 20
    (Bd. 89 d. Univ.-Bibliothek.)
— , — Deutsch v. Heinr. Viehoff. (130 S.) 8. Hildb. 1870. Bibl. Inst.
    Aus: Bibliothek ausländischer Classiker. 118. Bd. —. 60
König Heinrich VI. 3 Theile. Uebersetzt von H. Döring. 12. Gotha
    1829—34.
— , — 3 Theile. Uebers. v. A. Böttger. 32. Leipzig 1836.
King Henry VI. ½ 12. Nürnberg und New-York. 1841. Campe's Edition.
König Heinrich VI. Uebers. v. A. Böttger. 3 Theile. (260 S.) Leipzig.
    1861. Reclam. (Bd. 56—58 d. Univ.-Bibliothek.) —. 60
— , — 1—3. Theil Deutsch v. Heinr. Viehoff. (144. 118 u. 126 S.)
    Hildburgh. 1871. Bibl. Inst. à —. 60
    Aus: Bibliothek ausländischer Classiker. 134. — 137. Bd.
König Heinrich VIII. Uebersetzt von Wolff Graf von Baudissin. gr.
    8. Hamburg 1818.
— , — Uebersetzt von H. Döring. 12. Gotha 1829.
— , — Uebers. von E. Susemihl. 32. Leipzig 1836.
— , — Uebersetzt v. S. H. Spieker. 8. Berlin 1837.
King Henry VIII. ½ 12. Nürnberg u. New-York. 1837. Campe's Edition.
König Heinrich VIII. Deutsch v. Heinr. Viehoff. (124 S.) 8. Hild-
    burgh. 1868. Bibl. Inst. —. 60
    Aus: Bibliothek ausländischer Classiker. 70. Bd.
- , — Uebers. v. E. Susemihl. (95 S.) Leipzig 1868. Reclam. —. 20
    (Bd. 94 d. Universal-Bibliothek.)
König Johann von England. 8. Altona 1796.
— , — 8. Hamburg 1796. (Shakespeare für Deutsche bearbeitet. 1. Bd.)
— , — Uebersetzt von J. Meyer. 12. Gotha 1826.
— , — Uebers. von E. Susemihl. 32. Leipzig 1836.
King John. ½ 12. Nürnberg und New-York 1841. Campe's Edition.
— , — arranged for the use of Families and schools by Dr. A. Philippi.
    gr. 16. Düsseldorf 1848.
König Johann. Deutsch v. Ludw. Seeger. (137 S.) 8. Hildburgh. 1866.
    Bibliogr. Instit. —. 60
    Aus: Bibliothek ausländischer Classiker. 27. Bd.
— , — (77 S.) Leipzig 1869. Reclam. —. 20
    (Bd. 138 d. Univ.-Bibliothek.)
King John. Englisch, herausg. von F. Schmidt. Danzig 1876.

Die Irrungen. Ein Lustspiel in 5 Aufzügen von J. F. W. Grossmann.
    8. Frankfurt a. M. 1777.
— , — Ein Lustspiel. Uebersetzt von Beauregard Pandin (R. F. v
    Jariges). Mit Kupfern. 16. Zwickau 1824.
— , — Uebers. von J. Mayer. 12. Gotha 1825.
— , — Uebersetzt von Phil. Kaufmann. 8. Berlin 1836.
— , — Uebersetzt von K. Simrock. 32. Leipzig 1836.
The comedy of errors. Hrsg. u. erkl. von Dr. N. Delius. Elber-
    feld 1858.

Komödie der Irrungen. Deutsch v. Frz. Dingelstedt. (82 S.) S.
Hildburghausen. 1868. Bibl. Inst. — 50
Aus: Bibliothek ausländischer Classiker. 74. Bd.
— Uebers. v. K. Simrock. (55 S) Leipzig. 1871. Reclam. —. 20
(Bd. 273 d. Univ.-Bibliothek.)
— — Lustspiel in 3 Aufzügen. Nach Schlegel's Uebersetzung für die
Darstellung neu eingerichtet von Ferd. Wehl. 8. (72 S.) Altona
1879. Verlags-Bureau. M. 1. 50
Julius Caesar. Uebersetzt von Casp. Wilh. von Borck, ehemal. Kgl.
Preuss. Staatsminister. 8. Berlin 1741.
— . — Uebersetzt von J. Mayer. 12. Gotha 1825.
, — ½. 12. Nürnberg und New-York 1836. Campe's Edition.
— — Uebersetzt von L. Petz. 32. Leipzig 1836.
— , — A tragedy revised and corrected by Prof. G. F. Burkhardt.
8. Berlin 1838.
— , — Grammatisch und sachlich zum Schul- und Privatgebrauch erläutert
von Dr. J. Hoffa. 8. Jena 1848.
— , — Uebersetzt v. Ed. Vollbehr. gr. 8. (III u. 108 S.) Kiel 1853.
Akademische Buchhandlung. M. 1. 60
— , — Uebersetzt von Dr. A. Jenke. 12. Mainz 1854.
— . — Erklärt von Gymn. Oberlehr. Dr. E. W. Sievers. (141 S.) 8.
Berlin 1855. Enslin. M. 1. 30
Aus: Sammlung englischer Schriftsteller m. deutschen Anmerkgn. hrsg. v. Ludw
Herrig. S. Belchn.
— , — Grammatisch und sachlich zum Schul- und Privatgebrauch er
läutert u. m. e. ausführl. Wörterbuche versehen v. Dr. Jordan Buchner.
gr. 16. (IV. u. 131 S.) Berlin 1856. Renger. M. 1. —
— , — mit sprach- und sachanmerkungen begleitet von Rector E. Meyer.
gr. 8. (XVI. u. 154 S.) Hamburg 1857. Nolte & Köhler. M. 1. 80
— , — A tragedy by William Shakespeare. (IV. u. 96 S.) gr 8.
Leipzig 1859. M. 1. —
Aus: Masterpieces of english literature intended for the use of high schools. With
notes by Dr. Otto Fiebig. Vol. 2.
— , — Erklärt von Lehrer Thdr. Jancke. gr. 8. (IV u. 96 S.) Köln 1861.
Du Mont-Schauberg. M. 1. 20
— , — Eine histor. Tragödie. Uebersetzt v. Adolph Kolb. 16. (IV u.
126 S.) Stuttgart 1861. Schaber. cart. M. 1. —
— , — Für den Schulgebrauch erklärt v. Oberlehrer Dr. L. Reichelmann.
gr. 8. (VII u. 121 S.) Leipzig 1867. Teubner. M. 1. 20
— , — Deutsch v. H. Viehoff. (116 S.) 8. Hildburghausen 1869. Bib-
liograph. Institut. —. 60
Aus: Bibliothek ausländischer Classiker. 105. Bd.
— , — annoté par Charles Graeser. 8. (IV u. 84 S.) .Leipzig 1870.
Brockhaus. —. 80
— , — Erklart v. Prof. Dr. E. W. Sievers. (139 S.) 8. Berlin 1871.
Löwenstein. —. 75
Aus: Sammlung englischer Schriftsteller m. deutschen Anmerkgn. hrsg. v. Ludw.
Herrig. 9. Bdch.

Julius Cäsar. Trauerspiel in 5 Akten. Uebers. v. F. U. Krais. 8.
(58 S.) Stuttgart 1871. Hoffmann.
Aus: Theater-Bibliothek, classische aller Nationen. 104. Bhlchn.
— › — Ad textum, qualem Nicol. Delius constituit, Anglicum, in sena-
rios latinos transtulit Dir. Dr. Jos. Hilgers. gr. 8. (V u. 91 S.)
Dessau 1872. Reissner. M. 1. 20
— › — (71 S.) gr. 8. Danzig 1873. Saunier. —. 60
— › — 2. Aufl. (83 S.) gr. 8. Danzig 1878. Saunier. —. 60
(Bd. 1. der Sammlung Sh. Stücke f. Schulen hrg. v. Lehr. E. Schmidt.)
— › — zur Uebersetzg. ins Deutsche bearb. für höhere Schulen u. Töchter-
schulen, mit Anmerkgn. versehen v. Dr. Heinr. Klose. 2. Aufl. 8.
(48 S.) Mannheim 1875. Schneider. M. 1. —
— › — Erläut. durch Rob. Prölss. (219 S.) gr. 16. Leipzig 1875.
Wartig. M. 2. —
Aus: Erläuterungen zu den ausländischen Classikern. 3. u. 4. Bhlchn.
— › — oder die Verschwörung des Brutus; ein Trauerspiel in sechs
Handlungen; für die Mannheimer Bühne bearbeitet. gr. 8. Mann-
heim 1875.
— › — Erklärt v. Prof. Dr. E. W. Sievers. (VIII u. 130 S.) Salzw.
1878. Klingenstein. (Hft. 9 d. Samml. engl. Schriftsteller.) M. 1. —
— › — Für den Schulgebrauch erklärt von Dir. Dr. L. Richelmann.
2. Aufl. gr. 8. (XI., 123 S.) Leipzig 1879. Teubner. M. 1. 80
— › — Trauerspiel in 5 Akten. 16. (72 S.) Dresden 1879. v. Grumbkow.
—. 40
Aus: Repertoir d. herzogl. Meiningen'schen Hoftheaters. Offiz. Ausg. nach d.
Scenarium etc. etc. 10. Heft.

Der Kaufmann von Venedig, oder Liebe und Freundschaft, ein
Lustspiel; für das Prager Theater umgearbeitet v. F. J. Fischer. 8.
Prag 1778.
— › — Uebersetzt von J. H. Voss. Mit Erläuterungen. gr. 8. Leipzig 1818.
— › — Uebersetzt von H. Döring. 12. Gotha 1828.

The merchant of Venice. A comedy in 5 Acts. Correctly given,
from the text of Johnson and Steevens. — Der Kaufmann von
Venedig, mit krit., histor., und erläuternden Anmerkungen nebst einem
deutschen Wortregister; herausg. v. Dr. L. Lion. gr. 8. Göttingen 1830.
— › — with historical and grammatical explanatory notes in german
by J. M. Pierre. 8. Frankfurt a. M. 1831.

Der Kaufmann von Venedig. Schauspiel in 5 Akten. Mit untergelegtem
kritischen Commentar, einer Einleitung u. einem Anhange, enth.: histor. Er-
läutergn. u. e. Biographie des Dichters in engl. Sprache, nebst einer vollständ.
Phraseologie. Ein Lehrbuch der englischen Sprache, zum Schul- und
Privatgebrauche. Von Prof. Dr. Eckenstein. 12. Braunschweig 1836.
— › — Schauspiel in 5 Aufzügen. Für die Darstellung eingerichtet
von C. A. West. gr. 8. Wien 1841.
— › — Englisch-deutsche Prachtausg. m. 27 Scenen u. Vignetten in
Holzschnitten. Die deutsche Uebersetzung von A. Fischer. gr. Lex.
8. Pforzheim (Augsburg) 1843.

Der Kaufmann von Venedig. Uebersetzt von Fr. W. Wickenhagen.
In: Both's Bühnenrepertoir Nr. 106. Hoch 4. Berlin 1846.
The merchant of Venice. Erklärt von Ludwig Herrig. 8. Berlin 1854.
— , — A comedy. Edited by R. H. Westley. (II, 82 S.) gr. 8. Leipzig 1861. Gräbner. —. 75
Aus: Masterpiesses of english literature intended for the use of high schools. Nr. 4.
— , — Hrsg. u. erklart von Dr. N. Delius. Elberfeld 1865.
Der Kaufmann von Venice. Uebers. v. F. A. Krais.(59 S.) 16. Stuttgart 1867. Exped. d. Freya. —. 30
(Bd. 3 d. class. Theater-Bibl. aller Nationen.)
— , — Uebers. v. A. Fischer. (77 S.) Leipzig 1868. Reclam. —. 20
(Bd. 35 d. Universal- Bibliothek.)
— , — Dreutsch v. Karl Simrock. (106 S.) 8. Hildburghausen 1869. Bibliog. Instit. —. 50
Aus: Bibloithek ausländischer Classiker. 100. Bd.
The merchant of Venice. Für den Schulgebrauch bearbeit. v. Dr. R. Müller. 16. (VIII u. 84 S.) Goslar 1869. Schönpflug. —. 60
— , — Erklärt v. Prof. Dr. Ludw. Herrig. (122 S.) 8. Berlin 1871. Löwenstein. - -. 75
Aus: Sammlung englischer Schriftsteller m. deutschen Anmerkungen hrsg. v. Ludw Herrig. 7. Bdchn.
— , — Purified a. arranged. for the use of schools by A. Zimmermann. 16. (70 S.) Berlin 1873. Renger. —. 75
— , — (70 S.) gr. 8. Danzig 1874 Saunier. —. 60
(Bd. 3 d. Sammlung Sh. Stücke. f Schulen hrg. v. Lehr. E. Schmid.)
Der Kaufmann von Venedig. Erläut. v. Rob. Pröhlss. (128 S.) gr. 16. Leipzig 1875. Wartig. M. 1. —
Aus: Erläuterungen zu den ausländischen Classikern.
The merchant of Venice. Erkl. v. Prof. Dr. L. Herrig. (122 S.) Salzwedel 1878. Klingenstein. , M. 1. —
(IIft. 7 d. Samml. engl. Schriftsteller.)
Der Kaufmann von Venedig. Schauspiel in 5 Akten. 16. (76 S.) Dresden 1879. v. Grumbkow. —. 40
Aus: Repertoir d. herzogl. Meiningen'schen Hof-Theaters. Offiz. Ausg. nach dem Scenarium etc. etc. 11. Hft.
König Lear. Bearbeitet v. F. L. Schröter. 8. Hamburg 1786.
— , — Trauerspiel nach Shakespeare von Bock. 8. Leipzig 1794.
— , — Uebersetzt von J. H. Voss dem Sohne. Mit zwei Compositionen von Zelter. gr. 12. Jena 1806.
— , — Uebersetzt von Heinrich Voss. Mit Erläuterungen. gr. 8. Lpz. 1819.
— , — Uebersetzt von Beauregard Pandin. (R. F. v. Jariges.) Mit Kupfern. 16. Zwickau 1824.
— , — Trauerspiel in 5 Aufzügen. Neu übersetzt u. f. d. deutsche Bühne frei bearbeitet v. J. B. v. Zahlhas. 8. Bremen 1824.
— , — Uebersetzt von J. Meyer. 12. Gotha 1827.
— , — Uebersetzt von Phil. Kaufmann. 8. Berlin 1830,
King Lear. With historical notes in German by J. P. Pierre. 8. Frankfurt a. M. 1831.

King Lear. Deutsch mit einer Abhandlung über dieses Trauerspiel von
E. Schick. 8. Leipzig 1833.

— — » — a tragedy of 5 acts. With notes original and 'selectet, by Sam.
Weller-Singer. 12. Frankfurt a. M. 1834.

König Lear. u. d. T.: »Meisterwerke tragischer Dichter.« Aus den Ur-
sprachen übersetzt und erläutert von Petz. 2. wohlf. Ausg. gr. 8.
Leipzig, Pest 1833.

— » — — » — 2. Aufl. 32. Leipzig 1836.

— » — Trauerspiel in 5 Aufzügen. Für die Darstellung eingerichtet von
C. A. West. gr. 8. Wien 1841.

King Lear. ¹/₂ 12. Nürnberg & New-York. Campe's Edition.

— » — A tragedy. With explanatory notes founded on the best commentators. Edited by R. H. Westley. (113 S.) gr. 8. Leipzig 1861.
Gräbner. —. 75

Aus: Masterpieces of english literature intended for the use of high schools. No. 6.

König Lear. Deutsch v. Friedr. Bodenstedt. 8. (VIII u. 164 S.) Berlin 1865.
v. Decker. M. 1. 50

— » — Deutsch v. Wilh. Jordan. (167 S.) 8. Hildburghausen 1865.
Bibliogr. Instit. —. 80

Aus: Bibliothek ausländischer Classiker. 20. Bd.

— » — Uebers. v. L. Petz. (115 S.) Leipzig 1868. Reclam. —. 20
(Bd. 13 d. Univ.-Bibliothek.)

— » — Uebers v. Ed. Tiessen. 16. (IV u. 152 S.) Stettin 1871. v. d.
Nahmer. M. 1. 50

— » — Tragödie in 5 Aufzügen. Für die Darstellung bearb. v. Ernst
Possart. gr. 16. (IX u. 115 S.) München 1875. A. Ackermann. —. 60

— » — — » — Ausg. auf starkem Papier. M. 1. 50

— » — Eine deutsche Bühnenausgabe m. dramaturg., scen. u. schauspiel.
Anmerkgn. v. Max Köchy. 8. (IV, 134 S.) Leipz. 1879. Fernau. M. 2. —

Maass für Maass. Schauspiel, übersetzt von J. L. Schröder. 8. Leipzig 1790.

— » — Ein Schauspiel in 5 Aufz. Schwerin u. Weimar 1791.

— » — Uebersetzt v. H. Döring. 12. Gotha 1827.

Measure for Measure. ¹/₂ 12. Nürnberg & New-York 1841. Campe's Edition.

Maass für Maass. Uebersetzt v. H. Döring. (67 S.) Leipzig 1870. Reclam.
(Bd. 196 d. Univ.-Bibliothek.) —. 20

Macbeth. Nach Shakespeare, in 5 Aufzügen von Stephanie dem Jüngern.
In: Sämmtl. Schausp. Stephanie des Jüngern. 2. Theil. gr. 8. Wien 1774.

— » — Ein Trauerspiel von H. C. Wagner.
In dessen Theaterstücken. 8. Frankfurt a. M. 1779.

— » — Ein Trauerspiel in 5 Aufzügen. Deutsch bearbeitet von G. A.
Bürger. M. 12 Kupfern von Chodowiecki 1783. — 2. Aufl. 1784.
16. Göttingen.

— » — ein Schauspiel nach Shakespeare zur Vorstellung auf d. Hoftheater zu Weimar eingerichtet von F. Schiller. Mannheim 1801.

— » — With notes. Leipzig 1806.

— » — Trauerspiel. Uebersetzt von J. F. W. Möller. 8 Hannover 1810.

— » — Uebersetzt von Fr. v. Schiller, zur Darstellung auf dem Hoftheater zu Weimar eingerichtet. 8. 2. Aufl. Stuttgart 1810. — 3. Aufl.
1815.

Macbeth. Trauerspiel von J. H. von Collin. In: Collin, Trauerspiele 2. Bd.
8. Berlin 1822.

— » — Uebersetzt von J. Meyer. 12. Gotha. 1824.

— » — Zur Darstellung auf den kgl. Bühnen in Berlin neu übersetzt
von S. H. Spiker. 8. Berlin 1826.

— » — Heroische Oper in 3 Akten nach Shakespeare, aus dem Französischen des Rouget de Lisle frei bearbeitet von C. M. Heigel.
Musik von A. H. Chelard. 12. München 1829.

— » — Uebersetzt von K. Lachmann. 8 Berlin 1829.

— » — Uebersetzt von Phil. Kaufmann. 8. Berlin 1830.

— » — A Tragedy; sprachlich und sachlich erläutert für Schüler von
Dr. C. L. W. Franke. 8. Braunschweig 1833.

— » — Uebersetzt von L. Hilsenberg. 32. Leipzig 1836.

— • — Aus der Folioausgabe von 1623 abgedruckt, mit den Varianten
der Folioausgaben von 1632, 1634 und 1687 und kritischen Anmerkungen zum Text herausg. von N. Delius. gr. 8. Bremen 1841.

— » — ½ 12. Nürnberg und New-York 1841. Campe's Edition

— » — Uebersetzt von A. Jakob. 8. Berlin 1848.

— » — Erklärt von L. Herrig. Berlin 1853.

— » — Ein Trauerspiel. Zur Vorstellung auf dem Hoftheater zu Weimar
eingerichtet von (Frdr. v.) Schiller. 8. (III u. 120 S.) Stuttgart 1855.
Cotta. geh.   —. 75

— » — Deutsch v. W. Jordan. (122 S.) Hildburghausen 1865. Bibl. Inst. -. 50
Aus: Bibliothek ausländischer Classiker. 1. Bd.

— » — Erkl. v. Ludw. Herrig. 2. Aufl. (111 S.) 8. Celle 1867. Schulze.
                                                                          —. 75
Aus: Sammlung englischen Schriftsteller mit deutschen Anmerkgn. hrsg. v. Ludw.
Herrig. 1. Bd.

— » — Uebers. v. L. Hilsenberg. (71 S.) Leipzig 1868. Reclam. —. 20
(Bd. 17 d. Univ.-Bibliothek.)

— » — Z. Vorstellung a. d. Hoftheater zu Weimar eingerichtet v. Fr.
v. Schiller. (78 S.) Leipzig 1869. Reclam.   —. 20
(Bd. 149 d. Univ.-Bibliothek.)

— » — Bearbeitung von Schiller. (VII u. 51 S.) 16. Stuttgart 1869.
Exped. der Freya.   —. 30
(Bd. 57 d. class. Theater-Bibl. aller Nationen.)

— » — Erklärt v. Wilh. Wagner. gr. 8. (L u. 116 S.) Leipzig 1872.
Teubner.   M. 1. 80

— » - (76 S.) gr. 8. Danzig 1874. Saunier.   —. 60
(Bd. 4 Sammlung Sh. Stücke f. Schulen hrg. v. Lehr. E. Schmid.)

— » — Übers. u. kritisch beleuchtet v. Gg. Messmer. 8. (183 S.) München
1875. Liter.-artist. Anstalt.   M. 2. —

— » — Für das Prager Theater bearbeitet von J. F. Fischer. 8. Prag 1878.

— » — Erklärt von Ludw. Herrig 2. Aufl. (111 S.) Salzwedel 1878.
Klingenstein.   (Hft. 1 der Samml. engl. Schriftsteller.)   M. 1. —

— » — Metrisch übers. v. G. Messmer. 2. vielf. verb. Aufl. m. gegenübersteh. Originaltext (Globe edition). 8. (VIII, 193 S.) München
1879. Liter.-artist. Anstalt.   M. 3. —

Macbeth. Für den Schul- u. Privatgebrauch herausg. u. mit Anmerkgn.
sowie m. e. Auszug aus Holinshed's History of Scottland versehen
v. Lehr. Adf. Ey. 8. (92 S.) Hannover 1879. Meyer.   M. 1. —
— » — Ein Trauerspiel in 5 Aufzügen v. Shakespeare. Zur Vorstellg.
auf d. Hoftheater zu Weimar eingerichtet v. Frdr. Schiller. (78 S.)
gr. 16. Leipzig 1879. Junge.   —. 20
(Heft 30 der Bücherschätze. Auslese von Werken der bedeutendsten Schriftsteller des
In- und Auslandes.)
Othello. Trauerspiel. Aus dem Englischen übersetzt. gr. 8. Frankfurt
und Leipzig 1769
— » — Trauerspiel in 5 Aufzügen. Engl. Theater, übersetzt von Ch. H.
Schmid. 8. Danzig 1772—77.
— » — Trauerspiel. Bearbeitet von L. Schubarth. Mit Melodien von
Zumsteeg. 8. Leipzig 1782. — 2. Aufl. 1802.
— » — Deutsch v. Ludwig Schubert. Leipzig 1802.
— » — der Mohr von Venedig. Posse in 1 Akt. 8. Wien 1806.
— » — Uebersetzt v. J. H. Voss dem Sohne. Mit 3 Compositionen von
Zelter. Jena 1806.
— » — Uebersetzt von J. Meyer. Gotha 1824.
— » — Uebersetzt von Ph. Kaufmann. 8. Berlin 1832.
— » — Uebersetzt von E. Ortlepp. 32. Leipzig 1836.
— » — Trauerspiel in 5 Aufzügen. Für die Darstellung eingerichtet von
C. A. West. gr. 8. Wien 1841.
— » — ½ 12. Nürnberg und New-York. Campé's Edition.
— » — Erklärt von H. Sievers. 8. Berlin 1853.
— » — Deutsch von W. Jordan. (152 S.) Hildburghausen 1860. Bibl.
Inst.   —. 75
Aus: Bibliothek ausländischer Classiker. Bd. 84.
— » — Uebersetzt von E. Ortlepp. (102 S.) Leipzig 1868. Reclam.
                                                             —. 20
(Bd. 21 d. Univ.-Bibliothek.)
— » — Aus d. Engl. in's Hebräische übertr. v. J. E. S. Hrsg. u.
m. e. krit. Einleitg. versehen v. Peter Smolensky. gr. 8. (XXXV und
200 S.) Wien 1874. Brüder Winter.   M. 2. 40.
— » — Erklärt von Oberl. Dr. E. W. Sievers. (148 S.) Salzwedel
1878. Klingenstein.   M. 1. —
(Hft. 5. d. Samml. engl. Schriftsteller.)
Perikles. Uebersetzt von J. Meyer. 12. Gotha.
— » — Uebersetzt von H. Döring. 12. Leipzig 1836.
— » — Deutsch von K. Simrock. (102 S.) 8. Hildburghausen 1868.
Bibl. Inst.   —. 50
Aus: Bibliothek ausländischer Classiker. Bd. 72.
— » — Fürst von Tyrus. Uebers. v. C. v. Reinhardtstöttner. (74 S.)
Leipzig 1869. Reclam.   —. 20
(Bd. 170 d. Univ.-Bibliothek.)
König Richard II. Nach Shakespeare für's Prager Theater adoptirt
von J. L. Fischer. 8. Prag 1778.

Richard II. Ein Trauerspiel für die deutsche Bühne vom Reichsfreiherrn
Otto v. Gemmingen. 8. Mannheim 1782.
— » — Uebersetzt von H. Döring. 12. Gotha 1829.
— » — Uebersetzt von Th. Oelkers. 32. Leipzig 1836.
— » — Heinrich IV. und Heinrich V. Uebersetzt von R. J. L. Samson
von Himmelstiern. 2 Bde. gr. 8. Riga 1848.
King Richard II. 16. (IV u. 140 S.) Brunswik 1850. Westermann. geh.
—. 60
Richard II. 16. Braunschweig 1850.
— » — Deutsch von Heinr. Viehoff. (104 S.) 8. Hildburghausen 1867.
Bibl. Inst.   —. 60
Aus: Bibliothek ausländischer Classiker. 61. Bd.
— » — Uebers. v. Th. Oelkers. (82 S.) Leipzig 1868. Reclam. —. 20
(Bd. 43 d. Univ.-Bibliothek.)
King Richard II. Mit Einltg. u. Erklärgn. hrsg. v. Dr. Noiré. 16.
(128 S. m. 1 Tab. in qu. 4.) Mainz 1868. Zabern.   M. 1. —
The tragedy of King Richard II. Für den Schulgebrauch erklärt
v. Oberlehr. Dr. L. Riechelmann. gr. 8. (VII u. 150 S.) Leipzig
1869. Teubner.   M. 1. 20
— » — With a memoir of the author, an introduktion, explanatory notes
and appendixes comprising a prosody of Shakespeare and extracts from
Holinshed's chronicle By F. H. Ahn. (VII u. 168 S.) 8. Trier 1870.
Groppe.   M. 1. 20
Aus: Collection of british and american standard authors. With biographical
sketches, introductions aud explanatory notes edited by Dr. F. H. Ahn. III. Bd.
— » — (90 S.) gr. 8. Danzig 1875. Saunier.   —. 60
(Bd. 5 d. Sammlung Sh. Stücke f. Schulen hrg. v. Lehr. E. Schmid.)
Richard III. Ein Trauerspiel (nach Shakespeare) in 5 Aufzügen von
Chr. Frd. Weisse. 8. Leipzig 1776.
— » — Ein Trauerspiel für die Mannheimer Bühne von G. H. Reichsfreih.
von Gemmingen. gr. 8. Mannheim 1778.
— » — Ein Trauerspiel (nach Shakespeare) von Perchtold. 8. Regens-
burg 1788.
— » — Uebersetzt von H. Döring. 12. Gotha 1834.
— » — Uebersetzt von E. Thein. 32. Leipzig 1836.
King Richard III. A tragedy. Edited by H. Westy. (II und 114 S.)
gr. 8. Leipzig 1816. Gräbner.   —. 75
Aus: Masterpieces of english literature intended for the use of high schools. Nr. 3.
— » — ½ 12. Nürnberg und New-York. Campé's Edition.
König Richard III. Uebersetzt v. W. Jordan. (160 S.) 8. Hildburghausen
1867. Bibl. Inst.   Aus: Bibliothek ausländischer Classiker. 69. Bd.   —. 75
· - » — Uebersetzt von E. Thein. (108 S.) Leipzig 1868. Reclam. —. 20
(Bd. 62 d. Univ.-Bibliothek.)
— » — Trauerspiel in 5 Akten. Uebers. v. F. A. Krais. (VII u. 80 S.)
gr. 16. Stuttgart 1869. Hoffmann.   —. 30
Aus: Theater-Bibliothek classische aller Nationen. 61. Bd.
— » — Uebersetzt von Ed. Tiessen. 16. (IV u. 160 S.) Stettin 1871.
v. d. Nahmer.   M. 1. 50

Romeo und Julie. Ein Schauspiel mit Gesang von F. W. Gotter. 8. Leipzig 1779.

— › — Für's deutsche Theater bearbeitet von Ch. Fr. Bretzner. 8. Leipzig 1796.

— › — Quodlibet von Charakteren in 2 Akten. 8. Wien 1808.

— › — Uebersetzt von J. H. Voss. Mit Erläuterungen. gr. 8. Leipzig 1818.

— › — Uebersetzt von H. Döring. 12. Gotha 1828.

Romeo and Juliet. A Tragedy in 5 acts. Mit erklärenden Noten, einer Erläuterung und einem Wörterbuche von Dr. F. E. Feller. Mit Titelkupfer. 12. Leipzig 1833.

Romeo und Julie. Uebersetzt von E. Ortlepp. 32. Leipzig 1836.

Romeo and Juliet. Printed from the text of Mr. Steevens, with historical and critical explanatory notes in german by J. M. Pierre. 12. Frankfurt a. M. 1840.

— › — A Tragedy, Mit Sprache u. Sache erläuternden Anmerkungen von Dr. Ed. Winter. 12. Braunschweig 1840.

— › — ¹/₂ 12. Nürnberg und New-York, Campé's Edition.

Romeo und Julie. Trauerspiel in 5 Aufzügen. Zur Darstellung eingerichtet von C. A. West. gr. 8. Wien 1841.

— › — Grammatisch und sachlich z, Schul- und Privatgebrauche erläutert von J. Hoffa. 8. Braunschweig 1845.

— › — Uebersetzt von A. W. Schlegel. 16. Berlin 1849.

— › — — › — 8. (X u. 200 S.) Halle 1853. Pfeffer.
Aus: Shakespeare's Werke im englischen nach den besten Quellen berichtigten Text. Mit krit. u. erläut. Anmerkgn. v. Dr. Hermann Ulrici. 1. Bdchn.

Romeo and Juliet. Erklärt von Heussi. 8. Berlin 1853.

— › — Hrsg. von H. Ulrici. 8. Halle 1853.

Romeo und Julie. Tragödie. Deutsch v. Edm. Lobedanz. 16. (VII u. 166 S.) Leipzig 1855. Brockhaus. geh.   M. 2, 40

— › — — › — in engl. Einb. m. Goldschn.   M. 3. —

Romeo and Juliet a tragedy by William Shakespeare. (IV u. 100 S.) gr. 8. Leipzig 1859. Gräbner.   M. 1. —
Aus: Masterpieces of english literature intended for the use of high schools. With notes by Dr, Otto Fiebig. Vol 1.

— › — Eine kritische Ausgabe d. überlieferten Doppeltextes m. vollständ. Varia Lectio bis auf Rowe. Nebst e. Einltg. üb. den Werth der Textquellen u. den Versbau Shakespeare's. Von Tycho Mommsen. Lex. 8. (XI u. 371 S) Oldenburg 1859. Stalling.   M. 10. —

Romeo a Julie. Prelozil Dr. J. Cejka. 8. (III u. 112 S.) Prag 1861. Rziwnatz in Comm.   M. 1. —.

Romeo and Juliet. 16. (115 S. m. 1 Holzschntaf.) Leipzig 1864. B. Tauchnitz. In engl. Einb. m. Goldschn.   M. 2. —

Romeo und Julie. Deutsch v. Wilh. Jordan. (135 S.) 8. Hildburghausen 1865. Bibliogr. Instit.   —. 60
Aus: Bibliothek ausländischer Classiker. 5. Bd.

Romeo und Julie. Trauerspiel in 5 Akten. Uebers. v. F. A. Krais. (VII
u. 66 S.) gr. 16. Stuttgart 1870. Hoffmann.   M. —. 30
  Aus: Theater-Bibliothek, classische aller Nationen. 68. Bd.
— » — Drama in 5 Aufzügen. Ins Deutsche übertragen v. E. G. L.
  16. (VIII u. 181 S.) Wien 1870. Braumüller. geb.   M. 3. —
— » — Trauerspiel in 5 Acten. Schaffhausen 1872.
— » — Erläutert v. Rob. Prölss. gr. 16. (167 S.) Leipzig 1874. Wartig.
    M. 1. —
  Aus: Erläuterungen zu den ausländischen Classikern. 1. Bdchn.
— » — Erklärt v. Oberlehr. Dr. J. Heussi. (127 S.) Salzwedel 1878.
  Klingenstein.   M. 1. —
  (Hft. 4 d. Samml. engl. Schriftsteller.)
Ein Sommernachtstraum. Peter Squenz, eine Einleitung des burlesken
Trauerspieles »Pyramus und Thisbe« in Shakespeare's Sommernachts-
traum, von Andreas Gryphius. 8. Breslau und Leipzig 1698.
Piramus und Thisbe. Duodrama. 8. Halle 1787.
— » — Musikalisches Duodrama. 8. Wien 1795.
Ein Sommernachtstraum. Ohne Angabe des Uebersetzers. In den »Dra-
matischen Probeschüssen ins Blaue der Kritik.« 2. Bd. 8. Glogau 1795.
— » — Uebersetzt von H. Döring. 12. Gotha 1831.
— » — Uebersetzt von A. Fischer. 32. Leipzig 1836.
A Midsummernightsdream. ⅛ 12. Nürnberg und New-York 1839. 2.
  Aufl. 1841. Campe's Edition.
— » — A Comedy in 5 Acts. Reprinted from the Family-Shakespeare,
  with a glossary. gr. 8. Berlin 1841.
Ein Sommernachtstraum. Uebersetzt von A. Böttger 16. Leipzig 1848.
— » — übers. v. A. W. Schlegel. 16. (117 S. m. 1 Stahlst.) Berlin 1852.
  G. Reimer. In engl. Einb. m. Goldschn.   M. 3 —
— » — erläutert von Dr. C. C. Heuse. Halle 1852.
— » — Uebers. v. Carl Abel. 16. (III u. 108 S.) Leipzig 1855. Keil
    M. 1. 50
— » — — » — in engl. Einb. m. Goldschn.   M. 2. 40
Midsummer – night's dream. A play in 5 acts. By William Shakespeare.
  (68 S.) Philadelphia. Leipzig 1856. Schäfer.   —. 40
Walpurgisnachtstraum. Deutsch v. K. Simrock. (95 S.) 8. Hildburg-
  hausen 1868. Bibl. Instit.   —. 50
  Aus: Bibliothek ausländischer Classiker. 76. Bd.
Ein Sommernachtstraum. Uebers. v. F. A. Krais. (VIII, 70 S.)Stuttgart
  1868. Exped. d. Freya.   —. 30
  (Bd. 25 d. class. Theater-Bibl. aller Nationen.)
— » — Uebers. v. A. Fischer. (65 S.) Leipzig 1868. Reclam. —. 20
  (Bd. 73 d. Univ.-Bibliothek.)
— » — Deutsch von A. W. v. Schlegel. Mit 24 Schattenbildern (in
  Holzschn. auf chines. Papier) v. Paul Konewka; geschnitten v. A. Vogel.
  gr. 4. (V u. 87 S.) Heidelberg 1868. Bassermann.   M. 16. —
— » — — » — 2. Aufl. Heidelberg 1873. Bassermann.   M. 8. —
— » — — » — 3. Aufl. Heidelberg 1875.   M. 8. —

Ein Sommernachtstraum Etc. Etc. geb. in Calico. M. 13. 50
— , — — , — 4. Aufl. München 1878. Bassermann. M. 8. —
geb. M. 12. —
A midsummer — night's dream. Illustrated with 24 Silhouettes
by P. Konewka. Woodscuts engraved by A. Vogel. gr. 4. (III u.
88 S.) Heidelberg 1869. Bassermann. cart. M. 16. —
— , — , — , — in engl. Einb. M. 20. 25
— , — (61 S.) gr. 8. Danzig 1873. Saunier. —. 60
(Bd. 2 d. Sammlung Sh. Stücke f. Schulen herausg. v. Lehr. E. Schmid.)
— , — School-edition, in which all those words and expressions are
omitted, that cannot with propriety be read. With memoires and german
notes ed. by Fr. de Wickede. gr. 8. (82 S.) Altenburg 1875. Pierer.
—. 60
Der Sturm. Ein Schauspiel für d. Theater bearbeitet von L. Tieck.
Nebst einer Abhandlung über Shakespeare's Behandlung des Wunder-
baren. Mit Vignette. 8. Berlin 1796.
Die Geisterinsel. Ein Singspiel von F. W. Gotter. 8. Leipzig 1798.
Der Sturm. od. die bezauberte Insel. Singspiel nach Shakespeare. 8.
Cassel 1798.
— , — Uebersetzt von J. Meyer. 12. Gotha 1825.
The Tempest. Printed from the Text of Mr. Steevens with historical and
grammatical explanatory notes in german by J M. Pierre. 12. Frank-
furt a. M. 1833.
Der Sturm. Uebersetzt von Th. Mügge. 32. Leipzig 1836.
The Tempest. ½ 12. Nürnberg and New-York 1840. Campe's Edition.
Sturm. Deutsch v. Frz. Dingelstedt. (93 S.) 8. Hildburghausen 1866.
Bibliogr. Instit. —. 50
Aus: Bibliothek ausländischer Classiker. 40. Bd.
— , — Uebers. v. F. Köhler. (66 S.) Leipzig 1868. Reclam. —. 20
(Bd. 46 d. Univ.-Bibliothek.)
The Tempest. (III u. 64 S.) gr. 8. Danzig 1875. Sannier. —. 60
(Bd, 6 d. Sammlung Sh, Stücke f. Schulen hrg. v. Lehr. E. Schmid.)
Timon von Athen. Für's Prager Theater bearbeitet von F. J. Fischer.
8. Prag 1778.
— , — Schauspiel, übersetzt von G. Regis. Mit 1 Kupfer. 16. Zwickau 1821.
— , — Uebersetzt von E. Ortlepp. 32. Leipzig 1836.
— , — Uebersetzt von A. Keller. Stuttgart 1843.
— , — Deutsch v. Ludw. Seeger. (173 S.) 8. Hildburghausen 1866.
Bibliogr. Instit. —. 70
Aus: Bibliothek ausländischer Classiker. 24. Bd.
— , — Uebers. v. Ernst Ortlepp. (78 S.) Leipzig 1872. Reclam. —. 20
(Bd. 308 d. Universal- Bibliothek.)
Titus Andronicus. Uebersetzt von J. Meyer. 12. Gotha 1826.
— , — Uebersetzt von Th. Oelckers. 32. Leipzig 1836.
— , — Deutsch v. Heinr. Viehoff. (102 S.) 8. Hildburghausen 1868.
Bibl. Inst. —. 50
Aus: Bibliothek ausländischer Classiker. 73. Bd.

Titus Andronicus Leipzig 1876. Reclam. —. 20
(Bd. 869 d. Univ.-Bibliothek.)

Troilus und Cressida. Uebersetzt von Beauregard Pandin (K. F. v. Jariges.) gr. 12. Berlin 1824.
— , — Uebersetzt von H. Döring. 12. Gotha 1829.
— , — Ohne Angabe des Uebersetzers. 32. Leipzig 1836.
— , Deutsch v. Karl Simrock. (144 S.) 8. Hildburghausen 1869. Bibliogr. Instit. —. 70
Aus: Bibliothek ausländischer Classiker. 127, Bd.
— , — Leipzig 1876. Reclam. —-. 20
(Bd. 818 d. Univ.-Bibliothek.)

Verlorne Liebesmüh', unter dem Titel: »Amor Vincit Omnia, »ein Stück von Shakespear'n, bearbeitet von Lenz, als Anhang zu den Bemerkungen über's Theater. 8. Leipzig 1774.
— , — Uebersetzt von H. Döring. 12. Gotha 1833.
— , -- Uebersetzt von E. Susemihl. 32. Leipzig 1836.
— , — Uebersetzt von Phil. Kaufmann. 8. Berlin 1836.
— , — Leipzig 1876. Reclam. —. 20
(Bd. 756 d. Univ.-Bibliothek.)

Viel Lärmen um Nichts. Uebersetzt von G. W. Kessler. 8. Berlin 1809.
— , — Uebersetzt von H. Döring. 12. Gotha 1828.
— , — Uebersetzt von Phil. Kaufmann. Berlin 1835.
— , — Uebersetzt von A. Fischer. 32. Leipzig 1836.
Much ado about Nothing. ¹/₂ 12. Nürnberg & New-York 1839. Campe's Edition.
Viel Lärm um Nichts (übers.) v. Adolf Böttger. (III u. 159 S.) Leipzig 1850. O. Klemm. M. 2. 25
In engl. Einb. m. Goldschn. M. 3. —
— , — Deutsch v. Karl Simrock. (124 S.) 8. Hildburghausen 1866. Bibliogr. Instit. —. 60
Aus: Bibliothek ausländischer Classiker. 28, Bd.
— , — Uebers. v. A. Fischer. (76 S.) Leipzig 1868. Reclam. —. 20
(Bd. 98 d. Univ.-Bibliothek.)
— , — Uebers. v. F. A. Krais. (60 S.) Stuttgart 1869. Exped. d. Freya. —. 30
(Bd. 92 d. class. Theater-Bibl. aller Nationen.)
— , — Erläut. v. Rob. Prölss. (140 S.) gr. 16. Leipzig 1875. Wartig. M 1. —
Aus: Erläuterungen zu den ausländischen Klassikern. 2. Bdchn.
— , — Lustspiel in 4 Akten. Für die deutsche Bühne bearbeit. von Karl v. Holtei. gr. 8. (71 S.) Halle 1868. Hermann in Comm. —. 80

Die lustigen Weiber von Windsor, bearbeitet unter Titel: »Die lustigen Weiber an der Wien,« von Pelzel. 8. Wien 1771.
— , — unter dem Titel: »Gideon von Tromberg, Posse in 3 Akten,« von W. H. Brömel.
In dessen Beitrag zur deutschen Bühne. 8. Amsterdam 1785.
— , — Uebersetzt von G. A. Bürger. Mit 12 Kupfern von Chodowiecki. 16. Göttingen 1786.
— , — Ein Singspiel nach Shakespeare. 12. Mannheim 1795.

Die lustigen Weiber von Windsor. Ohne Angabe des Uebersetzers.
Mit Kupfern. 12. Leipzig 1795.
— » — Uebersetzt von K. H. Dippold. 8. Berlin 1809.
— » — Neu und getreu übersetzt (ohne Angabe des Uebersetzers). gr. 8.
Königsberg 1826.
— » — Uebersetzt von H. Döring. 12. Gotha 1831.
— » — Uebersetzt von Phil. Kaufmann. 8. Berlin 1836.
— » — Uebersetzt von K. Simrock. 32. Leipzig 1836.
The merry wives of Windsor. ¹/₂ 12. Nürnberg and New-York 1841.
Campe's Edition.
Die lustigen Weiber von Windsor. Deutsch v. K. Simrock. (121 S.) 8.
Hildburghausen 1868. Bibl. Inst.
Aus: Bibliothek ausländischer Classiker. 79. Bd.
— » — Uebers. v. K. Simrock. (82 S.) Leipzig 1868. Reclam.   —. 20
(Bd. 50 d. Univ.-Bibliothek.)
— » — Uebers. v. F. A. Krais. (62 S.) 16. Stuttgart 1860. Exped. d.
Freya.   (Bd. 78 d. class. Theater-Bibl. aller Nationen.)   —. 30
Was ihr wollt. Uebersetzt von H. Döring. 12. Gotha 1827.
·— » — Uebersetzt von A. Fischer. 32. Leipzig 1836.
Twelfth night. ¹/₂ 12. Nürnberg & New-York 1841. Campe's Edition.
Viola. Lustspiel in 5 Aufzügen. Nach »Was ihr wollt« von Shakespeare.
Für die Bühne bearbeitet von Deinhardstein. gr. 8. Wien 1842.
Was ihr wollt. Uebersetzt von A. Böttger. 16. Leipzig 1849.
— » — Lustspiel. 8. Wien 1856. Hartleben's Verlagsexpedition.
Aus: Theater, classisches d. Auslandes d. Deinhardstein, 2. Bd.
Der Dreikönigsabend oder Was ihr wollt. Uebers. v. F. Köhler.
(76 S.) Leipzig 1868. Reclam.   —. 20
(Bd. 53 d. Univ.-Bibliothek.)
Was ihr wollt. Deutsch v. Frz. Dingelstedt. (110 S.) Hildburghausen
1869. Bibl. Inst.   —. 50
Aus: Bibliothek ausländischer Classiker 92. Bd.
— » — Lustspiel in 5 Akten. 16. (70 S.) Dresden 1879. v. Grumbkow. —. 40
Aus: Repertoir d. herzogl. Meiningen'schen Hoftheaters. Offiz. Ausg. nach dem
Scenarium etc. etc.
Wie es Euch gefällt. Uebersetzt von H. Döring. 12. Gotha 1830.
— » — Uebersetzt von E. Thein. 32. Leipzig 1836.
— » — Nach Schlegel'scher Uebers. für die Bühne bearb. von Dr. I.
Pabst. Dresden 1864.
— » — Deutsch v. Franz Dingelstedt. (114 S.) 8. Hildburghausen 1869.
Bibl. Inst.   —. 60
Aus: Bibliothek ausländischer Classiker. 93. Bd.
— » — (85 S.) Leipzig. 1873. Reclam.   —. 20
(Bd. 469 d. Universal-Bibliothek.)
As you like it. (84 S.) gr. 8. Danzig. 1878. Saunier.   —. 60
(Bd. 11 der Sammlung Shakespear'scher Stücke für Schulen. Herg. v. Dir. E.
Schmid.)
Die bezähmte Widerbellerin, oder Gessner der Zweite. Lustspiel in
4 Aufzügen (nach Shakespeare) von J. Fr. Schink. gr. 8. München.
1783.

Liebe kann Alles, oder die bezähmte Widerspänstige. Lustspiel in 4 Abtheilungen frei nach Shakespeare und Schink von Fr. von Holbein. gr. 8. Pesth. 1822.

Zähmung einer Widerspänstigen. Uebersetzt von H. Döring. 12. Gotha 1830.

— , — Uebersetzt von K. Simrock. 32. Leipzig. 1836.

Die Wiederspänstige. Lustspiel in 4 Aufzügen. Mit Benutzung einiger Theile der Uebersetzung des Grafen Bandissin, von Deinhardstein. gr. 8. Wien. 1839.

— , — Lustspiel. Wien 1856. Hartleben's Verlagsexped.
Aus: Theater, classisches des Auslandes v. Deinhardstein, 2. Bd.

Kunst über alle Künste ein bös Weib gut zu machen. Eine deutsche Bearbeitg. v. Shakespeare's the Tauring of the Shrew aus d. J. 1672. Neu hrsg. m. Beifügg. des engl. Orig. u. Anmerkgn. v. Rhold. Köhler. 8. (XLIII u. 286 S.) Weidmann. M. 4. —

— , — Die Kunst einen Trotzkopf zu brechen. Deutsch von K. Simrock. (110 S.) 8. Hildburghausen. 1868. Bibl. Inst. —. 50
Aus: Bibliothek ausländischer Classiker. 78 Bd.

Die Kunst eine böse Sieben zu zähmen. Uebers. v. K. Simrock. (79 S.) Leipzig. 1868. Reclam. —. 20
(Bd. 26 d. Universal-Bibliothek.)

Der Widerspänstigen Zähmung. Uebers. v. F. A. Krais. (62 S.) 16. Stuttgart. 1869. Exped. d. Freya. —. 30
(Bd. 85 d. class. Theaterbibliothek aller Nationen.)

Ein Wintermärchen. Uebersetzt von L. Krause. 8. Berlin 1810.

— , — Uebersetzt von H. Döring. 12. Gotha 1830.

— , — Uebersetzt von W. Lampadius. 32. Leipzig 1836.

A Winter's Tale. ½ 12. Nürnberg u. New-York. 1841. Campe's Edition.

Eine Winternachtsmähr. Uebersetzt von Carl Abel. 8. (IV und 122 S.) Berlin 1854. Springer. M. 1. 20

Wintermärchen. Deutsch von Carl Simrock. (132 S.) 8. Hildburghausen. 1866. Bibl. Instit. —. 70
Aus: Bibliothek ausländischer Classiker 23. Bd.

— , — Uebersetzt von W. Lampadius. (98 S.) Leipzig 1869. Reclam. —. 20
(Bd. 152 d. Univ.-Bibliothek.)

— , — Ein Schauspiel in 5 Aufzügen. 16. (80 S.) Dresden 1879. von Grumbkow. —. 40
Aus: Repertoir des herzogl. Meiningen'schen Hoftheaters. Offiz. Ausg. nach d Scenarium etc. 13. Heft.

b) Dichtungen.

Kleinere Dichtungen. Deutsch v. A. Neidhardt. Berlin. 1856.

Gedichte. Neu übersetzt v. A. Schumacher und F. v. Bauernfeld. Mit Shakespeare's Portrait. 16. Wien 1827.

— , — Uebersetzt v. R. S. Schneider. 2 Bdchn. 12. Gotha. 1834.

Gedichte. Deutsch von Wilh. Jordan. 8. (LV u. 422 S.) Berlin 1861. G.
Reimer. M. 5. —
— » — Deutsch v. Karl Simrock. 8. (XXVI u. 367 S.) Stuttgart 1867.
Cotta. M. 5. 40
Sämmtliche Gedichte, im Versmasse des Originals übersetzt von
E. Wagner. 8. Königsberg 1840, gleichzeitig 16.
Inhalt: Sonette. — Venus und Adonis. — Der leidenschaftliche Pilger. — Klage
der Liebenden. — Tarquin und Lukrezia.
Sonette. Uebers. v. K. Lachmann. 12. Berlin. 1820.
— » — In deutscher Nachbildg. v. Friedr. Bodenstedt. gr. 8. (VIII u.
246 S.) Berlin 1862. Decker. M. 6. —
— » — » — » — in engl. Einb. m. Gldschn. M. 8. —
— » — » — » — gr. 16. (VII u. 246 S.) Ebd. 1862. M. 1. 50
— » — » — » — in engl. Einb. m. Goldschn. M. 2. 50
— » — Deutsch v. F. A. Gelbke. (176 S.) 8. Hildburghausen 1867.
Bibl. Inst. —. 80
Aus: Bibliothek ausländischer Classiker. 52. Bd.
— » — Uebers. von Herm. Fihr. von Friesen. gr. 8. (VII u. 154 S.)
Dresden 1869. Burdach. M. 2. —
— » — Deutsch v. Benno Tschischwitz. 16. (XVIII u. 156 S.) Halle
1870. Barthel. M. 1. 20
— » — » — » — in engl. Einb. m. Goldschn. M. 2. —
— » — Uebers. v. Otto Gildemeister. Mit Einleitgn. u. Anmerkgn. gr.
8. (XXXII und 181 S.) Leipzig 1871. Brockhaus. M. 2. 40
— » — » — » — geb. m. Goldschn. M. 3. —
— » — in deutscher Nachbildung v. Frdr. Bodenstedt. 4. Aufl. 16. (XII
u. 275 S.) Berlin 1873. v. Decker. M. 3. —
— » — » — » — geb. M. 4. 50
Southampton — Sonette. Deutsch v. Fritz Krauss. 8. (XXIII u.246 S.)
Leipzig 1872. Engelmann. M. 3. 75
Venus und Adonis. Tarquin und Lukrezia. Zwei Gedichte. Aus dem
Engl. von H. C. Albrecht. gr. 8. Halle 1783.
— » — übersetzt von F. Freiligrath. 8. Düsseldorf 1849.
— » — Tarquin u. Lukrezia. Uebersetzt v. Joh. Heinr. Dambeck. Mit
gegenübergedrucktem Original. gr. 8. (VII u. 237 S.) Leipzig 1856.
Brockhaus. M. 3. —
— » — Ein ep. Gedicht. Deutsch nebst e. Einleitg. v. Benno Tschisch-
witz. 8. (81 S.) Halle 1875. Schwabe. M. 1. 20

c) Zweifelhafte Stücke.

Arden von Feversham. Ein Trauerspiel in 5 Akten von G. Lillo.
8. Leipzig 1778.
— » — übersetzt von H. Döring. 12. Gotha 1833.
Eduard III., ein Trauerspiel (nach Shakespeare) von Christ. Fel. Weisse.
8. Leipzig 1776.

Eduard III. Uebersetzt u. m. e. Nachwort begl. v. Max Mokke. (80 S.
Leipzig 1875. Reclam. —. 20
(Bd. 685 d. Univ.-Bibliothek.)
— , — Trauerspiel in 5 Aufzügen. Nach der Uebersetzung von Ludw.
Tieck frei bearb. v. Aug. Hagen. 8. (IV u. 136 S.) Leipzig 1879.
Brockhaus. M. 2. —
Schön Emma. Uebersetzt von H. Döring. 32. Gotha 1833. — 2. Aufl.
1840.
Georg Green, der Feldhüter von Wakefield, übers. von H. Döring. 12.
Gotha 1833. — 2. Aufl. 1840.
Leben u. Tod Thomas Cromwell's. Uebersetzt von J. J. Eschen-
burg. 8. Zürich 1798.
— , — Uebersetzt von H. Döring. 12. Gotha 1833. — 2. Aufl. 1840.
Lokrine, übersetzt von H. Döring. 12. Gotha 1833.
Sir John Oldcastle, übersetzt von H. Döring. 12. Gotha 1833. — 2.
Aufl. 1840.
Die Londoner Verschwender, übersetzt von H. Döring. 12. Gotha
1833. — 2. Aufl. 1840.
Die Puritanerin, übersetzt von H. Döring. 12. Gotha 1833. — 2.
Aufl. 1840.
Der lustige Teufel von Edmonton. Uebersetzt von H. Döring. 12.
Gotha 1833. — 2. Aufl. 1840.
Ein Trauerspiel in Yorkshire. Uebers. von H. Döring. 12. Gotha
1833. — 2. Aufl. 1840.

---

4. Ergänzungs- & Erläuterungs-schriften.

Abecken, R. B., Ueber Shakespeare.
Im Taschenbuch: »Urania für 1819.« Leipzig 1818.
Ahne, W. A., Shakespeare. — Bluthen als Festgabe zur 300 jährigen
Gedächtnissfeier des grossen britischen Dichters. 8. (IX u. 173 S.)
Prag 1864. Credner. M. 2. —
Aikin, L., Elisabeth, ihr Hof und ihre Zeit. 2 Bde. mit Stahlst. 8.
Halberst. 1819.
Albertl, C. E. R., Shakespeare-Album. Des Dichters Welt- und Lebens-
anschauung aus seinen Werken systematisch geordnet. 16. (XXIV u.
200 S.) Berlin 1864. Lüderitz Verl. M. 3. —

Alter Ego. Eine Studie zu Shakespeare's Kaufmann. gr. 8. (XIV u. 17 S.) Hamburg 1862. Boyes & Geisler. —. 60

Anmerkungen, alte und neue, zu Shakespeare's dramatischen Werken. Für Alle, welche den Dichter in der Ursprache lesen wollen. 1. Theil. gr. 8. Greifswalde 1825.

Armbruster, J. M. C., Shakespeare-Catalog. Auswahl werthvoller Ausgaben der Werke des britischen Barden in engl. Sprache und der zu denselben gehörenden Commentare und Illustrationen. 8. Leipzig 1853

Aubert, Prof. Fr. Herm., Shakespeare als Mediciner. Vortrag in der Aula der Universität am: 3 Februar 1873. geh. u. m. Anmerkgn. versehen. gr. 8. (31 S.) Rostock 1873. Stiller. —. 75

Baacke, Lehr., Frz., Vorstudien zur Einführung in das Verständniss Shakespeare's. Vier Vorlesgn. geh. in dem vom Berliner Bezirksverband d. deutschen Lehrerverbandes gebildeten : Institut wissenschaftl. Vorlesgn. f. Lehrer.e 2. Aufl. gr. 8. (IV u. 91 S.) Berlin 1879. Angerstein. M. 1. 50

Bandow, Prof. Dir. Dr. K., Readings from Shakespeare. Scenes, passages, analyses. Lesebuch aus Shakespeare. Scenen, Stellen, Inhaltsangaben. Mit Einleitg. u. Wörterbuch. 2. verb. u. verm. Aufl. gr. 8. (VII, 246 S.) Berlin 1879. Oppenheim. M. 2. —

Barnstorff, D., Schlüssel zu Shakespeare's Sonetten. 8. (179 S.) Bremen 1861. Kühtmann & Co. M. 2. 80

Baumgart, Die Hamlet-Tragödie u. ihre Kritik. Königsbg. 1877. M. 4. —

Beauties of Shakespeare. Musterstücke aus Shakespeare's Dramen. Englisch und Deutsch. Von Berly. 2 Bde. 12. Frankfurt a. M. 1835.

Bekk, Dr. Adolf, Shakespeare u. Homer. Ein Beitrag zur Literatur u. Bühne d. engl. Dichters. 8. (VII u. 160 S.) Wien 1865. Hartleben's Verl.-Exp. M. 2. —

— , — William Shakespeare. Eine biograph. Studie. Festgabe zum 300 jähr. Jubiläum der Geburt d. Dichters am 23. April 1564. 8. (84 S.) München 1864. Fleischmann's Sp.-Cto. M. 1. —

Benedix, Roder., Die Shakespearomanie. Zur Abwehr. gr. 8. (IV u. 447 S.) Stuttgart 1874. Cotta. M. 7. —

Bernays, Mich., Zur Entstehungsgeschichte d. Schlegel'schen Shakespeare. gr. 8. (VI u. 260 S.) Leipzig 1872. Hirzel. M. 4. —

Bernhardi, Dr. Wilh., Shakespeare's Kaufmann v. Venedig. Eine kritische Skizze. gr. 8. (48 S.) Altona 1859. Verlags-Bureau. —. 75

Betrachtungen über die religiöse Bedeutung Shakespeare». 8. (100 S.) Heidelberg 1858. J. C. B. Mohr. M. 1. —

Bitter, C. H., Ueber Gervinus, Händel u. Shakespeare. gr. 8. (45 S.) Berlin 1869. W. Müller. M. 1. —

Bodenstedt, Friedr., Shakespeare's Zeitgenossen u. ihre Werke. In Charakteristiken und Uebersetzgn. 5 Bde. gr. 8. Berlin 1858. Decker. à M. 4. 50

Börne, Ludwig, Ueber Hamlet von Shakespeare. In Börne's gesamm. Schriften. 2. Bd. Hamburg 1828—40.

3*

Bräcker, Ulrich, Etwas über Shakespeare.
In: Der arme Mann vom Tokkenberge, herausg. von E. v. Bulow. 16. Leipzig 1852.

Braun von Braunthal, J. K., Shakespeare. Drama in 3 Akten. Nach
L.. Tiek's Novelle: »Dichterleben.« gr. 8. Wien 1836.

Brennecke, Dir. Dr., Auswahl aus William Shakespeare's sämmtlichen
Werken, ni. Erleichterungen f. d. Aussprache u. das Verständniss
f. deutsche Schulen hrsg. gr. 8. (IV u. 76 S.) Posen 1858. Heine.
M. 1. —

Brummer, B., Der Affe Shakespeare's oder Leben und Lieben. Lustspiel in 5 Akten. 8. Amberg 1841.

Buchwald, O., Ueber die Figur des Geistes in Shakespeare's Macbeth
und Hamlet.
(In: »Kleine Bausteine.« Aesthet, Abhandlungen.)

Carriere, Mor., Wilh. von Kaulbach's Shakespeare-Gallerie erläutert.
3 Hefte. gr. 4. Berlin 1856—58. Nicolai. à M. 1. --
Inhalt: 1. Allgemeine Einleitung. Macbeth. — 2. Shakespeare's Seelenleben und
Geiste-geschichte. Der Sturm. — 3. Shakespeare u. die Poesie der Geschichte.
König Johann.

Chalmers, A., Shakespeare's Leben. — Charakteristik der Shakespeare-
schen Dramen von W. Hazlitt. — 37 Umrisse zu den 37 Shakespeare'schen Dramen und Portrait Shakespeare's in Stahlstich. —
Supplement zu Shakespeare in Einem Bde. Lex. 8. Leipzig 1838.

Chasles, Philaret u. F. Guizot, William Shakespeare, sein Leben,
seine Werke und seine Zeit. Hrsg. v. P. H. Sillig. [Shakespeare's
dramatische Werke. Ergänzungsband.] gr. 16. (XVI u. 382 S.)
Leipzig 1855. Dyk. M. 3. —

Clement, K. J., Shakespeares Sturm. Historisch beleuchtet. gr. 8.
Leipzig 1846.

Cless, Dr. Geo., Medicinische Blumenlese aus Shakespeare, zu eigener
und seiner Collegen Kurzweil gesammelt. 8. (XV u. 96 S.) Stuttgart
1865. Cotta. M. 1. 20

Clodius, A., Ueber Shakespeare's Philosophie, besonders im Hamlet.
In dem Taschenbuch »Urania« für 1820. 16. Leipzig 1819.

Cohn, Alb., Shakespeare in Germany in the 16. and 17. centuries: an
account of englisch actors in Germany and the Nederlands and of
the plays performed by them during the same period. With 2 plates
of facs. (photolith. in gr. 4. u. qu. Fol.) gr. 4. (CXXXVIII S. u. 422
Sp.) Berlin 1865. Asher. M. 26. —

Collier, J. P., Beiträge und Verbesserungen zu Shakespeare's Dramen,
nach handschriftlichen, in einem Exemplare der Folio-Ausgabe von
1632 befindlichen Aenderungen für den deutschen Text bearbeitet
und herausgegegen von Dr. F. A. Leo. 8. Berlin 1853.

— » — — » — herausgegeben unter dem Titel »Ergänzungsband zu
Shakespeare's Werken« von Dr. J. Freese. gr. 8. Berlin 1853.

Collin, J., von, Coriolan. Trauerspiel in 5 Acten. gr. 8. Berlin 1804.

Corrodi, Aug., Shakespeare. Lebensweisheit aus seinen Werken gesammelt.
16. (XXII u. 112 S.) Winterthur 1863. Lücke. M. 1. 20

Corrodi, Aug., Desgl. 2. verm. Aufl. 16. (XXIX u. 145 S.) Winterthur 1864. Lücke. M. 1. 50

in engl. Einb. m. Goldschn. M. 3. —

Degenhardt, Dr. Rud., Select specimens of english literature, chronologically arranged. gr. 8. (IV u. 660 S.) Bremen 1879. Kühtmann & Co. M. 4. —

Delavigne, C., König Eduard's Söhne, übers. von G. R. v. Frank. 8. Leipzig 1835.

Dellus Nic., Die Schlegel-Tieck'sche Shakespeare-Uebersetzung beleuchtet. 8. Bonn 1846.

— > — Der Mythus v. William Shakespeare. Eine Kritik der Shakespeare'schen Biographie. gr. 8. (40 S.) Bonn 1851. König. —. 75

— > — Shakespeare-Lexikon. gr. 8. Bonn 1852.

— > — J. Payne Collier's alte handschriftliche Emendationen zum Shakespeare gewürdigt. gr. 8. (100 S.) Bonn 1853. König. M. 1. 25

— > — Ueber das englische Theaterwesen zu Shakespeare's Zeit, ein Vortrag, gehalten in Bonn am 21. Januar u. in Köln am 17. März 1353. Lex. 8. (19 S.) Bremen 1853. Heyse. —. 40

Devrient, Otto, Zwei Shakespeare Vorträge. gr. 16. (VII, 160 S.) Carlsruhe 1869. Braun. M 2. 40

Dingelstedt, Frz., Studien u. Copien nach Shakespeare. 8. (276 S.) Wien 1858. Hartleben's Verl. Expedit. M. 4. 80

Döring, Dr. Aug., Shakespeare's Hamlet seinem Grundgedanken und Inhalte nach erläutert. gr. 8. (96 S.) Berlin 1865. Grote. M. 1. 20

Dowden, Eduard, Shakespeare, sein Entwickelungsgang in seinen Werken. Mit Bewilligg. d. Verf. übers. v. Wilh. Wagner. gr. 8. (XII, 327 S.) Heibronn 1879. Henninger. M. 7. 50

Dyk, J. G., Coriolan. Ein Trauerspiel nach Shakespeare. 8. Leipzig 1785.

Echtermeyer, Henschel und Simrock, Quellen des Shakespeare in Novellen, Märchen und Sagen. 3 Bde. Berlin 1831.

Eckart, Dr. Ludwig, Dramaturgische Studien: I. Vorlesungen über Hamlet. 8. Aarau 1853.

Eckert, G., An das gelehrte Publikum wegen der Mannheimer Ausgabe der Werke Shakespeare's. 8. Mannheim 1780.

Ehrlich, Jos. R., der Humor Shakespeare's. Vortrag, geh. im Vereine der Literaturfreunde in Wien. gr. 8. (24 S.) Wien 1878. Manz in Comm. —. 80

Elze, Karl, Festrede zur 300jährigen Geburtsfeier Shakespeare's im Concertsaale d. Herzogl. Hoftheaters zu Dessau gehalten. gr. 8. (14 S.) 1864. Aue. —. 25

— > — die englische Sprache u. Literatur in Deutschland. Eine Festschrift zur 300jähr. Geburtsfeier Shakespeare's. gr. 8. (92 S.) Dessau 1864. Aue. M. 1. 50

Emerson, Ralph, Waldo, Ueber Göthe und Shakespeare. Aus d. Engl. nebst e. Kritik der Schriften Emerson's v. Herm. Grimm. 8. (116 S.) Hannover 1857. Rümpler. M. 1. 50

38

Eschenburg, J. J., Ueber Shakespeare's Leben u. Schriften. 8. Zürich
1787. — 2. Aufl. 1806.

— , — Versuch über Shakespeare's Genie und Schriften, im Vergleich
mit den dramatischen Dichtern der Griechen und Franzosen. 8.
Leipzig 1787.

— — Ueber den angeblichen Fund Shakespeare'scher Handschriften.
8. Leipzig 1797.

Feldtmeyer, D., Schiller's Wallenstein und Shakespeare's Macbet. Eine
Abhandlung. 4. Krotoschin 1865.

Fischer, Kuno, Shakespeare's Charakterentwicklung Richard's III.
Vorträge. 8. (VIII u. 183 S.) Heidelberg 1869. Bassermann.
M. 2. 10

Flathe, Prof. Dr. J. L. F., Shakespeare in seiner Wirklichkeit. 2 Theile.
8. Leipzig 1864. Dyk. M. 9. 30

— — König Richard II. (Shakespeare in seiner Wirklichkeit. Supplement.) 8. (118 S.) Leipzig 1865. Dyk. M. 1. 20

Flix, Dr. Alois, Briefe üb. Shakespeare's Hamlet. 8. (208 S. m. phot.
Portr.) Innsbruck 1865. Wagner. M. 2. —

Freymann, Julie, Kritik der Schiller-, Shakespeare- und Goethe'schen
Frauencharaktere. gr. 16. (V u. 241 S.) Giessen 1869. Roth. M. 3.

Friesen, Herm. Frhr. v., Briefe üb. Shakespeare's Hamlet. gr. 8. (VI
u. 343 S.) Leipzig 1864. Teubner. M. 4. 50

— , — das Buch: Shakespeare v. Gervinus. Ein Wort über dasselbe.
gr. 8. (IV u. 98 S.) Leipzig 1869. Baensch. M. 2. —

— , — Shakespeare Studien. 2 Bde. gr. 8. Wien 1874—75. Braumuller.
M. 16. —

Fritze, L., Specimens of english prose and poetry, selected and arranged
for the use of schools and private tuition. gr. 8. (VI, 273 S.) Magdeburg 1879. E. Baensch. M. 3. —

Fulda, Kreisger. R. Karl, William Shakespeare. Eine neue Studie über
sein Leben u. sein Dichten, besonders üb. seinen Einfluss auf alle
späteren dramat. Dichter u. darstell. Künstler. gr. 16. (VIII u. 206
S.) Marburg 1875. Ehrhardt. M. 4. 50 — geb. M. 6.

Gantter, Prof. Ludw., The home treasury of british poetry. Hausschatz
der britischen Dichtkunst von Chaucer bis auf die neueste Zeit, m.
sprachl. krit. u. biograph. Anmerkgn. begleitet u. als Festgabe zu
Shakespeare's 300jährigem Jubiläum dargereicht. In 3 Lfgn. gr. 8.
Stuttgart. 1864. Becher. M. 6. 75

Garrick, Dav. Memoiren. — Garrick im Macbeth. — Vertheidigung
dieser Tragödie. — Das Shakespeare-Jubiläum.
In: Vor und auf den Brettern, Schauspieler-Memoiren nach Barières Bibliothèque de
Memoires deutsch bearbeitet von Ida Frick. 2. Theil. 8. Dresden 1849.

Gätschenberger, Steph., Geschichte der engl. Literatur m. besond. Be-
rücksichtigung d. pol. u. Sitten-Geschichte England's. I. (Thl.) Das
Mittelalter. Die Romantik bis zu den Zeiten der Königin Elisabeth.
gr. 8. (VIII u. 300 S.)

Gätschenberger, Steph. Desgl. II. (Thl.) Geschichte des englischen Dramas.
gr. 8. (X u. 263 S.) Wien 1859—1862. Markgraf & Cie. I. u. II Thl.
zus.						M. 13. —
Genée, R., Shakespeare. Sein Leben und seine Werke. Hildburgh. 1872.
						M. 7. —
Gerstenberg, H. W. von, Etwas über Shakespeare.
	In dessen vermischten Schriften, 3. Band. 8. Altona 1815—17.
Gerth, Prof. A., Warum hat Shakespeare seinem »Lear« keinen glück-
	lichen Ausgang gegeben? Puttb. 1849.
— » — der Hamlet v. Shakespeare. Acht Vorlesgn. gehalten zu Putbus
	im Winter 1860/61. gr. 8. (245 S.) Leipzig 1861. Steinacker. In
	engl. Einb.					M. 3. —
Gervinus, G. G., Shakespeare. 4 Bde. 8. Leipzig 1849. Engelmann.
— » — » — » — 2. Aufl. 4 Bde. gr. 8. Leipzig 1850. Engelmann.
						M. 27. —
— » — » — » — 3. Aufl. 2 Bde. gr. 8. (VII u. 1190 S.) Leipzig
	1862. Engelmann.				M. 9. —
— » — » — » — 4. Aufl. M. ergänzenden Anmerkungen versehen v.
	Rud. Genée. 2 Bde. gr. 8. (XVI, 612 u. V, 594 S.) Leipzig 1872.
	Engelmann.					M. 11. —
						geb. M. 13. —
— » — Handel u. Shakespeare. Zur Aesthetik der Tonkunst. gr. 8.
	(XV u. 496 S.) Leipzig 1868. Engelmann.		M. 7. 50
Gesenius, Dr. F. Wm., A Book of english poetry for the use of
	schools. Containing one hundred poems with explanatory notes and
	biographical sketches of the authors. 8. (VIII, 170 S.) Halle 1879.
	Gesenius.			M. 1. 40 — cart. M. 1. 60
Gleim, Dr., Elegant extracts from the most celebrated british poets. A
	new enlarged edit. 8. (VIII u. 240 S.) Leipzig 1864. Mendelssohn.
	In engl. Einb. m. Goldschn.			M. 3. —
Goltz, Bogumil, Shakespeare's Genius. Kindheit, Jugend und Alter. Das
	deutsche Volksmärchen u. sein Humor. Drei Vorlesungen. gr. 16. (IV
	u. 272 S.) Berlin 1872. Janke.			M. 2. —
Goethe, J. W. v., Wilhelm Meister's Lehrjahre. 4 Bde. 8. Berlin 1795.
— 2 Bde. 8. Stuttgart 1816. — 2 Bde. Stuttgart 1836. — 4 Bde.
	12. Stuttgart 1840.
— » — Shakespeare und kein Ende.
	In Goethe's sämmtl. Werken. Ausgabe in 55 Bdn., im 45. Bde.
— » — Ueber M. Retzsch's Galerie zu Shakespeare's sämmtl. Werke,
	Taschenausg. in 40 Bdn., im 31. Bde.
Gottschall, Rud., Ueber Benedix. Die Shakespearomanie. Leipzig 1874.
Grabbe, Dietr. Chr., Dramatische Dichtungen. Nebst einer Abhandlung
	über die Shakespearomanie. 2 Bde. 8. Frankfurt a. M. 1827.
Greveurs, J. P. E., Ueber Shakespeare's Romeo und Julie. Versuch
	einer Characteristik. Programm. 4. Oldenburg 1833.
Grüner, Fr., Aphorismen und Scenen aus Shakespeare's Werken. Mit
	Kupfern. 12. Wien 1809.

40

Gumlich, Ueber Shakespeare. Berlin 1864.

Gutzkow, Karl, Eine Shakespeare-Feier an der Ilm. 8. (47 S.) Leipzig 1864. Brockhaus. —. 80

— , — Hamlet in Wittenberg. Zuerst gedruckt in Lewald's Theaterrevue. 1. Bd. gr. 8. Stuttgart 1835, später in Gutzkow's Skizzenbuch. 8. Cassel 1839 und zuletzt in Gutzkow's gesammelten Werken 1. Bd. p. 233 ff.

Hagen, H. v., Ueber die altfranzös. Vorstufe des Shakespeare'schen Lust-spiels: Ende gut, Alles gut. 1879.

Hagena, die Shakespeare-Studien auf dem oldenburgischen Gymnasium, nebst Berichtigungen der Schlegel'schen Uebersetzung. (Schulprogramm.) gr. 8. Oldenburg 1847.

Hager, Oberl. Past. Dr. Arth., die Grösse Shakespeare's. Vortrag in Ludwigslust geh. u. hrsg. zur Erinnerg. an den 100jähr. Geburtstag v. L. Tieck. 8. (35 S.) Freiburg 1873. Herder. . —. 40

Harder, Die Philosophie Shakespeare's. (Engl. u. deutsch.) Magd. 1869.

Harlng, G. H., Die Blüthezeit englischen Drama's. gr. 8. (88 S.) Hamburg 1875. Meissner. M. 1. 80

Hartmann, Ed. v., Shakespeare's Romeo u. Julia. gr. 8. (38 S.) Leipzig 1874. Hartknoch. M. 1. 25

Haeusser, Prof. Frdr. Emil, Shakespeare's Julius Caesar. Dramaturgische Tafel. Fol. Mannheim 1878. Bensheimer. —. 25

Heath, Ch., Shakespeare's Frauenbilder, eine Sammlung weiblicher Por-träts zu den sämmtlichen Schauspielen des Dichters. Nach Original zeichnungen von den berühmtesten Künstlern Englands gestochen. gr. 8. Berlin & London, 1836—38.
Erschien gleichzeitig mit deutschem und englischem Text.

Hebler, R. A. C., Shakespeare's Kaufmann v. Venedig. Ein Versuch über die sogenannte Idee dieser Komödie. 8. (III u. 132 S.) Bern 1854. Huber & Cie. M 1. 20

— , — Aufsätze über Shakespeare. 8. (X u. 200 S.) Bern 1865. Dalp. M. 2. 40

— , — — , — 2., beträchtlich verm. Ausg. 8. (VII u. 294 S.) Bern 1874. Dalp. M. 3. 20

Helne, H., Shakespeare's Mädchen u. Frauen, mit Erläuterungen. Lex. 8. 45 Porträts in Stahlstich und 14½ Bogen Text. Paris und Leipzig 1839.

Hense. C. C., Vorträge über ausgew. dramatische Dichtungen Shake-speare's, Schiller's und Göthe's. gr. 8. Halberstadt 1844.

Hermann, E., Ueb. Shakespeare's Mitsummer — Night's — Dream. Eine Studie. gr. 8. (162 S.) Braunschweig 1874. J. H. Meyer. M. 2. —

— , — ein Wort zur weiteren Begründung u. Berichtigung meiner Auf-fassung d. Sommernachtstraums zugleich ein Widerwort gegen Herrn Rud. Genée. gr. 8. (40 S.) Ebd. 1874. —. 80

Hermann, F., Drei Shakespeare-Studien. I. u. II. 8. Erlangen 1879. Deichert. M. 17. —

Herrig, L., The british classical authors. Select specimens of the national literature of England from G. Chaucer to the present time. With biographical aud critical sketches. Poetry and Prose. 8. Ster. edition. gr. 8. (XII u. 707 S.) Braunschweig 1858. Westermann. M. 4. —

— » — 23. Ster.-Ed. gr. 8. (XII u. 708 S.) Braunschweig 1872. Westermann. M. 4. —

— » — 32. Stereot.-Ed. gr. 8. (XII u. 708 S.) Braunschweig 1875. Westermann. M. 4. 50

Heussi, Conr. Dr. Jac., Shakespeare's Hamlet erklärt. gr. 8. (VII u. 307 S.) Parchim 1868. Heussi. M. 3. —

Hiecke, R. H., Shakespeare's Macbeth, erläutert u. gewürdigt. gr. 8. Merseburg 1846.

Hilgers, Professor, Sind nicht im Shakespeare noch manche Verse wie-der herzustellen, welche alle Ausgaben des Dichters in Prosa geben ' Programm der höheren Bürger- u. Gewerbschule in Aachen. gr. 8. Aachen 1852.

Holtei, K. von, Shakespeare in der Heimat, oder die Freunde. Schau-spiel in 5 Akten. 8. Schleusingen 1840.

Horkum, Shakespeare's Passionate Pilgrim. Düsseldorf 1867.

Horn, Fr., Shakespeare's Schauspiele erläutert. 5 Bde. gr. 8. Leipzig 1822—31.

Hugo, Vict., William Shakespeare. Deutsch v. A. Diezmann. Autori-. Ausg. gr. 8. (III u. 305 S.) Leipzig 1864. Steinacker. Sep.-Cto. M. 4. —

Hülsmann, Ed., Shakespeare. Sein Geist u. seine Werke. Ein Führer f. die Leser und Freunde d. Dichters. gr. 8. (VIII u. 230 S.) Leipzig 1856. O. Wigand. M. 3. 75

— » — » — » — 2. Aufl. gr. 16. (VIII u. 243 S.) Leipzig 1856. O. Wigand. M. 2. —

— » — » — » — 3. (Titel-) Aufl. gr. 16. (VIII u. 243 S.) Leipzig 1856. O. Wigand. M. 2. —

Humbert, Oberlehrer, Dr. C., Molière, Shakespeare u. die deutsche Kritik. gr. 8. (XX u. 511 S.) Leipzig 1869. Teubner. M. 9. —

Jahrbuch der deutschen Shakespeare-Gesellschaft im Auftrage d. Vor-standes hrsg. durch Frdr. Bodenstedt. 1. Jahrg. Lex. 8. (XXII und 457 S.) Berlin 1865. G. Reimer. In engl. Einband. M. 9 —

— » — 2. Jahrg. Lex. 8. (X u. 406 S.) Berlin 1867. G. Reimer. In engl. Einb. M. 9. —

— » — herausgeg. durch Carl Elze. 3. Jahrg. Lex. 8. (VI u. 436 S.) Berlin 1868. G. Reimer. In engl. Einb. M. 9. —

— » — 4. Jahrg. Lex. 8. (VI u. 396 S.) Berlin 1869. G. Reimer. In engl Einb. M. 9. —

— » — 5. Jahrg. Lex. 8. (IV u. 401 S.) Berlin 1870. Asher & Comp. In engl. Einband. M. 9. --

— » — 6. Jahrg. Lex. 8. Berlin 1871. Asher & Comp. In engl. Einb. M. 9. —

Dasselbe. 7. Jahrg. Lex. 8. (V u. 382 S.) Weimar 1872. Huschke in Comm. geb. M. 9. —

— , — 8. Jahrg. Lex. 8. (IV u. 398 S.) Weimar 1873. Ebd. geb. M. 9. —

— , — 9. Jahrg. Lex. 8. (IV u. 341 S.) Weimar 1874. Ebd. M. 9. —

— , — 10. Jahrg. Lex. 8. (IV u. 422 S.) Weimar 1875. Ebd. geb. M. 9. —

— , — 11. Jahrg. gr. 8. Weimar 1876. Ebd. geb. M. 9. —

— , — 12. Jahrg. gr. 8. Weimar 1877. Ebd. geb. M. 9. —

— , — 13. Jahrg. gr. 8. (IV u. 327 S.) Weimar 1878. Ebd. geb. M. 9 —

— , — 14. Jahrg. gr. 8. (IV u. 398 S.) Weimar 1879. Ebd. geb. M. 9. —

Jameson, Mrs., Frauenbilder oder Charakteristik der vorzüglichsten Frauen in Shakespeare's Dramen. Deutsch von A. Wagner.

— , — Shakespeare's Frauengestalten. Charakteristiken. Nach der dritten Auflage aus dem Engl. übertragen v. Levin Schücking. 16. Bielefeld 1840.

— , — Weibliche Charaktere, übersetzt von E. Ortlepp. 16. Stuttgart 1840.

Jost, Dr. J. M., Erklärendes Wörterbuch zu Shakespeare's Plays. Für deutsche Leser zur richtigen Auffassung des Wortsinnes u. der vielen schwierigen Stellen, sowie der Anspielungen u. Wortspiele. 8. Berlin 1830.

Karpf, Carl, Tb דּ וּ‎ אֵ׳ךָ‎ פֿ׳ל‎ Die Idee Shakespeare's u. deren Verwirklichung. Sonettenerklärung u. Analyse d. Dramas Hamlet (indirecter Beitrag zur Zeitfrage »Glauben und Wissenschaft«.) gr. 8. (XXII u. 167 S.) Hamburg 1869. Mauke Söhne. M. 4. —

Kaulbach, Wilh. v., Shakespeare-Album in photographischen Abbildungen. 1—3. Lfg. Fol. Berlin 1859. Nicolai's Verlag. M. 22. 50

— , — , — , — einzelne Blätter M. 3. —

Inhalt: 1. Macbeth. (3 Bl.) M. 8. 50 2. Der Sturm. (2 Bl.) M. 5. 50. 3. König Johann. (3 Bl.) M. 8. 50.

— , — , — , — (2. Ausg. nach d. Orig. Cartons.) 1—3. Lfg. Fol. (8 Photographien.) Berlin 1862. Nicolai's Verl. M. 30. —

— , — , — , — Nach den Handzeichnungen des Künstlers photogr. v. G. Schauer. Fol. (9 Blatt.) Berlin 1868. Nicolai's Verl. M. 30. —

— , — Shakespeare-Gallerie. Nach Orig.-Zeichnungen photogr. von G. Schauer. gr. 16. (9 Blatt) Ebd. In Couvert. M. 9. —

— , — , — , — 1. Lfg.: Macbeth. Imp.-Fol. (3 Kpfrtaf. u. 3 Bl. deutscher, engl., u. französ. Text.) Berlin 1855. Nicolai. M. 36. —

Chines. Pap. M. 45. —

vor der Schrift. M. 72. —

Desgl. 2. Lfg.: Der Sturm. Imp. Fol. (2 Kpfrtaf. m. 2 Bltt. Text in deutscher, engl. u. französ. Sprache.) Berlin 1859. Nicolai's Verlag.
M. 24. —
Chines. Pap. M. 30. —
vor der Schrift. M. 48.
— » — 3. Lfg.: König Johann. Imp. Fol. (3 Kpfrtaf. m. 3 Bl. Text in deutscher, engl. u. französ. Sprache.) Berlin 1859. Nicolai's Verl. M. 48. —
Chines. Pap. M. 60. —
vor der Schrift. M. 90. —

Keller, Oberlehr. Dr. Th., Shakespeare-Perlen. Die in den Dramen des grossen Briten zerstreuten Sprüchwörter, Sentenzen u. Lebensregeln. 8. (306 S.) Trier 1873. Groppe. M. 3. —

Klingelhöffer, Dr. W., Plaute imité par Molière et Shakespeare. 4. (32 S.) Darmstadt 1874. (Berlin, Calvary & Co.) M. 1. —

Knauer, Vinz., Die Könige Shakespeares. Ein Beitrag zur Rechtsphilosophie. gr. 8. (16 S.) Wien 1863. Gorischek. —. 40
— » — William Shakespeare, der Philosoph der sittlichen Weltordnung. gr. 8. (X u. 371 S.) Innsbruck 1879. Wagner. M. 6. —

König, H., Williams Dichten u. Trachten. Ein Roman. 2 Thle. 8. Hanau 1829.
— » — William Shakespeare. Ein Roman. 2 Thle. 8. Leipzig 1850. —
— » — William Shakespeare. Ein Roman. 2 Thle. 4. (Titel-) Aufl. 8. (X u. 691 S.) Leipzig (1850) 1864. Brockhaus. M. 6. —

König, Wilh., Shakespeare als Dichter, Weltweiser u. Christ. Durch Erlauterg. von vier seiner Dramen u. e. Vergleichg. mit Dante dargestellt. gr. 8. (XIV u. 301 S.) Leipzig 1873. Luckhardt. M. 4. 50

Koppel, R., Textkrit. Studien über Richard III. u. King Lear. Dresden 1877.

Köstling, Karl, Shakespeare, e. Winternachtstraum. Dramatisches Gedicht. gr. 8. (XXVI u. 152 S.) Wiesbaden 1864. Niedner. M. 2. 50

Kreyssig, F., Vorlesungen über Shakespeare. seine Zeit und seine Werke. 3 Bde. 8. Berlin 1858—59. Nicolai. M. 18. —
— » — — » — 2. verb. und verm. Auflage. 2 Bde. Berlin 1873—74. Nicolai. M. 11. 50
— » — Shakespeare-Anthologie. Die schönsten u. bedeutsamsten Schilderungen u. Weisheitssprüche aus den Dramen d. Dichters. Biographisch eingeleitet und hrsg. M. 32 Illustr. von Karl Winkler (in eingedr. Holzschn.) gr. 16. (XXIV u. 316 S. m. 1 Photogr.) Hamburg 1864. Vereinsbuchhandlung. In engl. Einb. m. Goldschn. M. 9. —
— » — Ueb. die sittliche u. volksthümliche Berechtigung d. Shakespeare-Cultus. Festrede bei der Shakespeare-Feier in Elbing am 23. April 1864 gehalten. gr. 8. (19 S.) Elbing 1864. Neumann-Hartmann.
—. 50
— » — Shakespeare-Fragen. Kurze Einführg. in das Studium d. Dichters. In 6 populären Vorträgen. gr. 8. (IV und 205 S.) Leipzig 1871. Luckhardt. M. 4. —

Kühn, Carl, Ueb. Ducis in seiner Beziehung zu Shakespeare. Inaugural-Dissertation gr. 8. (37 S.) Kassel 1875. (Jena, Deistung.) —. 6o

Kurz, Herm., Zu Shakespeare's Leben und Schaffen. Altes u. Neues. (V u. 155 S.) München, Merhoff. 1868.

Lamb, Ch., Erzählungen nach Shakespeare. Eine Vorschule dieses Dichters für die deutsche Jugend; nebst einer Lebensgeschichte Shakespeare's von A. Künzel. M. 3 Stahlstichen und 1 Vign. gr. 8. Darmstadt 1842

— » — Shakespeare-Erzählungen. Uebersetzt von F. W. Dralle. Mit Shakespeare's Bildniss. br. 8. Stuttgart 1843.

— » — Tales from Shakespeare, designed for the use of young Persons. 9m. edition. 16. Stuttgart 1843.

— , — Charles and Miss, Six tales from Shakespeare. [Ein Lesebuch f. mittlere Classen.] Mit grammat. Anmerkgn. u. e. vollständ. Wörterbuche versehen v. Lehrer Dr. F. Balty. 8. (VIII u. 111 S.) Altenburg 1860. Schnuphase. —. 80

— , — Tales from Shakespeare. With a copious vocabulary, compiled by Dr. E. Amthor. 3. Edit. 8. (VIII u. 284 S.) Berlin 1864. Renger. M. 1. 80

— , — a. Miss, Six tales from Shakespeare. (Ein Lesebuch f. mittlere Klassen.) Mit grammat. Anmerkgn. und einem vollständigen Wörterbuche versehen von Dir. Dr. F. Balty. 3. verm. und verb. Aufl. 8. (IV u. 120 S.) Altenburg 1875. Schnuphase. M. 1. —

— , — Tales from Shakespeare. With a copious vocabulary, compiled by Dr. A. Amthor. 5. ed. gr. 16. (VIII u. 260 S.) Berlin 1879. Renger. M. 1. 80

Lebens- u. Denkbuch aus Shakespeare's sämmtl. Werken, zusammengest. v. Fr. Grüner. Mit 1 Steindruck. 12. Heidelberg 1830.

Lebrun, C., Shakespeare. Spiel in Versen in einem Aufzuge.
Inhalt: »Neue kleine Lustspiele u. Possen von C. Lebrun« 8. Mainz 1818.

Lemcke, Prof., L. G., Shakespeare in seinem Verhältnisse zu Deutschland. Ein Vortrag gehalten im Rathhaussaale zu Marburg am 16. Februar 1864. 8. (26 S.) Leipzig 1864. Vogel. —. 40.

Lenz, J. M. R., Bemerkungen über das Theater, nebst angehängtem übersetztem Stück Shakespeare's. 8. Leipzig 1774.

— : — Ueber die Veränderung des Theaters im Shakespeare.
Abgedruckt in Lenz, Gesammelte Schriften 3. Bd. 8. Berlin 1853.

Leo, F. A., Beiträge u. Verbesserungen z. Shakespeare's Dramen n. handschr. Aendergn, in einem aufgefund. Exempl. der Folio-Ausg. von 1632 f. d. deutschen Text bearb. Berlin 1853.

— , — Die Delius'sche Kritik der v. J. Payne Collier aufgefundenen alten handschriftl. Emendationen zum Shakespeare gewürdigt. 8. (50 S.) Berlin 1853. Asher & Co. geh. —. 80

— » — Shakespeare's Frauen-Ideale. Fest-Vortrag am 23. April zu Weimar gehalten. 8. (44 S.) Halle 1869. Barthel. M. 1. —

Lessing, G. E., Hamburgische Dramaturgie. 2 Thle. 8. Berlin 1794.

Lewald, A., Seydelmann als Shylok in Shakespeare's Kaufmann von Venedig. In : Seydelmann, ein Erinnerungsbuch für seine Freunde. 8. Stuttgart 1841.

Liebau, Gust., William Shakespeare's Leben und Dichten. gr. 8. (VII u. 55 S.) Gera 1873. Issleib & Ritzschel. M. 1. 50

— , — Die Shakespeare-Galerie. Eine Sammlg. literar. aesthet. Abhandlungen üb. acht der bedeutenderen Dramen Shakespeare's. Für Verehrer des Dichters hrsg. 8. (219 S.) Berlin 1878. Salewski. M. 3. —

Lindner, Alb., William Shakespeare. Ein Schauspiel in 3 Abtheilgn. gr. 16. (122 S.) Rudolstadt 1864. (Froebel.) M. 3. —

Lüders, F., Beiträge zur Erklärung v. Shakespeare's Othello. 8. (X u. 108 S.) Hamburg 1863. O. Meissner's Verl. M. 1. 50

Ludwig, Otto, Shakespeare - Studien. Aus dem Nachlasse d. Dichters hrsg. v. Mor. Heyderich. gr. 8. (XV u. 541 S.) Leipzig 1871. Cnobloch. M. 6. 75

Lyre, the british, or selections from the english poets by William Odell Elwell. 2. and 3. Ster.-Edition. 16. (XVI u. 504 S. m. 1 Stahlstich.) Brunswick 1856—57. Westermann. In engl. Einb. m. Gldschn. M. 6. —

Marbach, Osw., Othello der Mohr v. Venedig. Tragödie nach Shakespeare. gr. 16. (XI u. 244 S.) Leipzig 1864. Fries. M. 3. —

— , — Hamlet. Tragödie nach Shakespeare. gr. 16. (XIX u. 222 S.) Leipzig 1874. C. G. Naumann. M. 4. —

— , — Shakespeare - Prometheus. Phantastisch - satirisch. Zauberspiel vor dem Höllenrachen. gr. 8. (158 S.) Leipzig 1874. Ebd. M. 4. —

Marggraff, Herm., William Shakespeare als Lehrer der Menschheit. Lichtstrahlen aus seinen Werken, nebst e. Einleitg. 8. (XII u. 235 S.) Leipzig 1864. Brockhaus. M. 3. —

Marinack, Maria Mary, Selections from the works of the british classical poets from Shakespeare to Shelley. Systematically arranged with biographical and critical notices. gr. 8. (XVII u. 770 S.) Leipzig 1861. Brockhaus. M. 10. —, in engl. Einband. M. 11. 80

Marguard, F., Ueber den Begriff des Hamlet von Shakespeare. Ein Versuch. 8. Berlin 1839.

Mayer, R., Geist Shakespeare's od. vollständige Sammlung aller in seinen Werken vorkommenden ausgezeichneten, schönen, bedeutenden und erhabenen Stellen u. Scenen, in der Orginalsprache mit d. deutschen Uebersetzung nach Schlegel, Schiller, Voss u. Eschenburg zur Seite, nebst einem Register in alphabetischer Ordnung zum Nachschlagen. Erste Lieferung : Macbeth. Der Sturm. Wie es Euch gefällt. Auch unter dem Titel »Beauties of Shakespeare.« 8. Leipzig 1825.

Meissner, Johs., Untersuchungen über Shakespeare's »Sturm« gr. 8. (VII u. 151 S.) Dessau 1872. Reissner. M. 4. —

Meurer, Lehr. Dr. Carl, Shakespeare Lesebuch. Als erste Stufe der Shakespeare-Lectüre f. höhere Lehranstalten ausgewählt, m. erklär. Anmerkgn., u. e. Abriss der Shakespeare-Grammatik versehen. 8. (104 S.) Köln 1879. Römke & Co. M 1. 20
Wörterbuch dazu. (36 S.) —. 40

Meyer, Gymn. Lehr., Dr. Ad., Shakespeare's Verletzung der historischen und natürlichen Wahrheit. Ein Vortrag. gr. 8. (32 S.) Schwerin
1863. Hildebrand. —. 60

— , — J., Das Leben Shakespeare's, nebst einer Literärgeschichte u.
Beurtheilung seiner dramatischen Werke. Mit Shakespeares Porträt.
2 Bände. 12. Gotha 1825.

Möbius, Dr. Paul, Die deutsche Shakespearefeier. Eine Rechtfertigg.
derselben nach e. im kaufmänn. Vereine zu Leipzig gehalt. Vortrage.
8. (15 S.) Leipzig 1864. Werner. —. 25

— , — Shakespeare als Dichter der Naturwahrheit. Festrede bei der
Shakespeare-Feier zu Leipzig 1864. Voigt & Günther. —. 30

Monatschrift, Deutsche 1796 u 1797. 6 Bde. (Ueber den Fund Shakespear'scher Handschriften.) Leipzig 1796/97.

Monike, C. H., The book of british poets. Portraits, characteristics and
extracts. gr. 16. (IV u. 740 S. m. eingedr. Holzschn.) Leipzig 1858.
G. Wigand. M. 5. —

Naumann, E., Nachklänge. Eine Sammlung von Vorträgen u. Gedenk-
blättern aus dem Musik-, Kunst- u. Geistesleben unserer Tage. 8.
Berlin 1872. (Enth. u. A.: Shakespeare in seinem Verhältniss zur
Tonkunst.) M. 4. 50

Neumann, Prof. Dr. Heinr., Ueber Lear u. Ophelia. Ein Vortrag.
Gehalten im Musiksaale der Universität zu Breslau am 11. März 1866.
gr. 8. (15 S.) Breslau 1866. Korn.

Noiré, Dr. Louis., Hamlet. Zwei Vortrage, gehalt. im Verein f. Kunst
u. Literatur zu Mainz. 16. (105 S.) Mainz 1856. v. Zabern. M. 1. —

— , — Zwölf Briefe e. Shakespearomanen. gr. 8. (62 S.) Leipzig 1874.
Veit & Co. M. 1. 20.

Pedemont, Prof. Vict. Amad., Die englischen Schriftsteller älterer u.
neuerer Zeit. Eine historisch-krit. Sammlung v. Auszügen aus ihrem
Leben u. ihren Werken chronologisch geordnet. In Fragen u. Ant-
worten. gr. 8. (VI u. 288 S.) Wien 1864. Braumüller. M. 4. —

Perlen aus Shakespeare nach der Uebersetzung von Schlegel u. Tieck.
An einander gereiht von E. A. 18. Frankfurt a. M. 1848.

Petri, Past. Mor., Zur Einführung Shakespeare's in die christliche
Familie. Eine Gabe zunächst f. Frauen u. Jungfrauen. gr. 8. (V u.
188 S.) Hannover 1868. Meyer. M. 2. 25

Pfeffer, Die Anrede-Prononima bei Shakespeare. Hbg. 1877.

Pörschke, K. L., Ueber Shakespeare's Macbeth. 8. Königsberg 1801.

Porto, Luigi da, Geschichte der Liebe und des Todes von Romeo und
Julie. Aus dem Italienischen übersetzt von N. Motherby. 8. Konigs
berg 1828.

Prachtstahlstiche, zwölf, als Titelkupfer zu Shakespeare's sammtl.
dramatischen Werken in allen Ausgaben. 16. Leipzig 1840.

Pries, J. Fr., Ueber Shakespeare's Hamlet. 8. Rostock 1825.

Quellen des Shakespeare in Novellen, Märchen und Sagen; herausgegeben von Th. Echtermeyer, L. Hentschel u. K. Simrock. 3 Thle.
8. Berlin 1831.

Rapp, M., Studien über das englische Theater. Tübingen 1862. M. 4. —
Rau, Heribert, William Shakespeare. Culturgeschichtlich-biograph. Roman
in 4 Büchern. (1. Bd. 265 S. 2. Bd. 263 S. 3. u. 4. Bd. 471 S.)
Berlin 1864. Gerschel.   M. 18. —
Regentschaft, die. Ein Trauerspiel in 5 Aufzügen. Nach dem Englischen
vom Verfasser des Dija-Na-Sore. Züllichen 1795. (Richard III.)
Reichensperger, App.-Ger.-R. Dr. Aug., William Shakespeare, insbe-
sondere sein Verhältniss zum Mittelalter u. zur Gegenwart. (Aus
»Zeitgemässe Broschüren«) gr. 8. (49 S.) Münster 1872. Russel. —. 60
Retzsch, M., Galerie zu Shakespeare's dramatischen Werken. In Um-
rissen erfunden und gestochen. Roy. 4. Leipzig 1828—33.
 Inhalt: Hamlet, 15 Blatt. — Macbeth, 12 Blatt, Mit C. A. Böttger's Andeutungen
 u. den betreff. Textstellen, in englischer, deutscher und französischer Sprache. —
 Romeo und Julie, 12 Blatt. — König Lear, 13 Blatt. Mit Andeutungen von
 C. II. von Miltitz. — Der Sturm, 13 Blatt. — Othello, 13 Blatt. — Die
 lustigen Weiber von Windsor, 13 Blatt. — Heinrich IV., 1. u. 2. Theil. 13 Blatt.
 Mit Erläuterungen von II. Ulrici.
— » — — » — Ausg. i. 1 Bde. Mit Erläuterungen v. L. A. Böttiger
zu Hamlet u. Macbeth; von Carl Borrom. von Miltitz zu Romeo und
Julia u. König Lear; v. Prof. Dr. Herm. Ulrici z. d. Sturm, Othello,
d. lust. Weiber von Windsor u. König Heinrich IV. 1. u. 2. Theil.
Deutsch u. i. engl. Uebersetzg. 2. Aufl. qu. gr. 4. (101 Stahlst. m.
V u. 95 S. Text.) Leipzig 1860. E. Fleischer. geh.   M. 30. —
— » — — » — in engl. Einb.   M. 36. —
— » — — » — 3. Aufl. mit Andeutgn. v. C. A. Boettiger, v. Miltitz u. Prof. Ulrici. qu. Fol. (101 Kpfrtaf. m. 18 S. Text.) Leipzig
1871. E. Fleischer. geb.   M. 20. —
— : — Outlines to Shakespeare's dramatic works designed and engraved
3. edition, with explanations by C. A. Boettiger, v. Miltitz u. Prof.
Ulrici. qu. Fol. (101 Kupfertaf. m. 28 S. Text.) Leipzig 1871. E.
Fleischer. geb.   M. 20. —
Reymond, Will., Corneille, Shakespeare et Goethe. Étude sur l'influence
 anglo-germanique en France au 19. siècle. Avec une lettre-préface
de M. Sainte-Beuve. 8. (XVI u. 311 S.) Berlin 1864. Lüderitz' Verl.
                                                            M. 4. 50
Richardson, W., Ueber die wichtigsten Charaktere Shakespeare's. Aus dem
Englischen von Chr. H. Schmid. 8. Leipzig 1776.
Rietmann, J. J., Shakespeare's religiöse u. ethische Bedeutung, eine
praktische Studie. 8. St. Gallen 1853.
— » — Shakespeare u. seine Bedeutung. Festrede gesprochen an der
Shakespearefeier in St. Gallen. 8. (24 S.) St. Gallen 1864. Huber
& Co.   —. 50
Rio, A. F., Shakespeare. Aus d. Franz. übers. v. Karl Zell. 12. (XVI
u. 303 S.) Freiburg 1864. Herder.   M. 2. 10
Rohrbach, Carl, Shakespeare's Hamlet erläutert. 8. (XXII u. 222 S.)
Berlin 1859. F. Schneider.   M. 3. —
Romeo und Juliette. Dramatisch. Gedicht (nach Shakespeare) von
Julius von Soden. 8. Naumburg 1809.

48

Rötscher, H. Th., Dramaturgische und aesthetische Abhandlungen. Ges.
u. herausg. von Emilie Schröder. Leipzig 1864.
»Enthält Verschiedenes über Shakespeare.«
— » — Shakespeare in seinen höchsten Charaktergebilden enthüllt u.
entwickelt u. allen Bewunderern d. Dichters gewidmet. Ein Buch
zur Feier d. 300 jähr. Gebuitsjahres Shakespeare's. Mit 1 Stahlst.
Lex. 8. (IX u. 161 S.) Dresden 1864. Meinhold & Söhne.   M. 3. —
Rümelin, Gust., Shakespearestudien. gr. 8. (VII u. 252 S.) Stuttgart
1866. Cotta.   M. 2. 70
— » — — » — 2. Aufl. gr. 8. (XIV u. 315 S.) Stuttg. 1874. Cotta. M. 6. —
Saupe, Gymnas. Prof. Jul., Shakespeare's Lebens- und Entwicklungsgang
f. d. weiteren Kreis gebildeter Verehrer d. grossen Dichters dargestellt. 8. (VII u. 63 S.) Gera 1867. Griesbach.   —. 75.
Schacht, Th., Ueber die Tragödie Antigone, nebst einem vergleichen-
den Blick auf Sophokles und Shakespeare. gr. 12. Darmstadt 1852.
Scherr, Dr. Johs., Geschichte der englischen Literatur. 2. (Titel-) Aufl.
gr. 8. (XIV und 298 S.) Leipzig 1845. O. Wigand.   M. 4. 50
»Siehe Seite 77—96.«
Schindhelm, Oberlehr., Abhandlung über Hamlet v. Shakespeare. 4.
(19 S.) Coburg 1866. (Riemann'sche Hofbuchh.)   —. 75
Schink, J. F., Ueber Brockmann's Hamlet. gr. 8. Berlin 1778.
— » — Coriolan. Trauerspiel in 3 Akten. 8. Leipzig 1790:
Schipper, Gymnas. Oberlehr. Dr. A., Shakespeare's Hamlet. Aesthetische
Erläuterg. d. Hamlet nebst Widerlegg. der Göthe'schen u. Gervinus'-
schen Ansicht üb. die Idee u. den Haupthelden d. Stückes. gr. 8.
(III u. 84 S.) Münster 1862. Regensberg in Comm.   M. 1. —
Schlegel, A. W. von, Ueber Shakespeare's Romeo u. Julie.
Abgedruckt in dessen kritischen Schriften. 1. Theil. gr. S. Berlin 1828.
— » — Vorlesungen über dramatische Kunst und Literatur. 3 Bde. 8.
Heidelberg 1817.
— » — Nachtrag über Shakespeare's aeltere dramatische Werke.
In Fr. von Schlegel's sämmtl. Werken 10. Bd. gr. 8. Wien 1822—25.
— » — J. E., Vergleichung Shakespeare's und Andreas Gryph's bei
Gelegenheit einer Uebersetzung von Shakespeare's Julius Caesar.
Im V. Bande von J. E. Schlegel's Werken, herausgegeben von J. H. Schlegel. gr 8.
Kopenhagen 1771.
Schmidt, Alb., Sacherklärende Anmerkungen zu Shakespeare's Dramen.
gr. 12. Leipzig 1842.
— » — Dr. Alex., Shakespeare-Lexicon. A complete dictionary of all
the english words, phrases a. constructions in the works of the poet.
Vol. I. A—L. Lex. 8. (VIII u. S. 1—678.) Berlin 1874. G. Reimer
                                                          M. 12. —
— » — — » — Vol. II. M—Z. Lex. 8. (XI u. S. 679—1452.) Berlin
1875. Ebd.   M. 14. —, cplt. M. 26. —
— » — Ch. H., Biographie Shakespeare's.
In des Verfassers Biographie der Dichter. 2. Bd. gr. 8. Leipz. 1769—70.
— » — Fr. L., Sammlung der besten Urtheile über Hamlet's Charakter,
von Goethe, Herder, Richardsohn u. Lichtenberg. 8. Quedlinburg 1808.

Schmidt, L., Macbeth. Eine poet. Shakespeare-Studie. 16. (IV u. 115 S.) Oschatz 1873. Oldecop's Erben in Comm. M. 1. 20

Schüller, Ed., W. v. Kaulbach's Shakespeare-Album in photographischen Abbildungen erläutert. gr. 8. (28 S.) Berlin 1859. Nicolai's Verl. —. 50

Schwartzkopff, Aug., Shakespeare, in seiner Bedeutung f. die Kirche unserer Tage dargestellt. 2. sehr erweit. Aufl. Mit Shakespeare's Portr. in ganzer Figur, photogr. nach dem Stahlstich v. Ed. Schuler. 16. (VIII u. 181 S.) Halle 1864. Mühlmann. M. 2. 40

Shakespeare-Album. Sämmtliche Costümfiguren aus dem Shakespearefest, veranstaltet am 23. April 1864 von der Künstler-Gesellschaft »Malkasten« in Düsseldorf Photographirt und hrsg. von Gebr. G. & A. Overbeck. 64 Photogr. auf 16 Tafeln. Lex. 8. Düsseldorf. Leipzig 1864. Hinrich's Sort. In Carton. M. 36. —
Das einzelne Blatt (4 Photogr. in Visitenkarten-Format enth.) M. 3. —
einzelne Photogr. M. 1. —
Inhalt: Shakespeare. — Urania. — Herold. — König Johann. — Richard II. — Gemahlin Richards II. — Heinrich IV. — Heinrich V. — Falstaff. — Pistol. — Bardolph. — Nym. — Poins. — Heinrich VI. — Bischof. — Eduard IV. — Söhne Eduards. — Richard. — Anna Boleyn. — Heinrich der VIII. — Cardinal Wohlsey. — Julius Caesar. — Cassius. — Brutus. — Volumnia. — Coriolan. — Virgilia. — Marcius. (Virgilias Sohn). — Antonius. — Cleopatra. — Marc Anton. — Banco. — Macbeth. — Lady Macbeth. — Romeo u. Julia. — Pater Lorenzo. — Hamlet. — Horacio. — Marcellus. — Ophelia. — Brahanzio. — Desdemona. — Othello. — Jago. — Ferdinand u. Miranda. — Caliban. — Cordelia. — Lear. — Porzia. — Bassanio. — Antonio. — Shylok. — Titania u. Zettel. — Mondschein. — Thisbe. — Wand. — Löwe. — Lysander. — Hermia. — Sebastian u. Viola. — Narr. — Malvolio. — Junker Tobias u. v. Bleichenwang. — Page.

— » — Almanach. An Appendix to Shakespeare's dramatic works contents: the life of the author, his miscellaneous poems, a critical glossary compiled after Nares, Drake, Ayscough, Hazlitt, Douce and others, with W. Shakespeare's Portrait taken from the Chandos picture and engraved by C. A. Schwerdtgeburth. Roy. 8. Leipzig 1826.

— » — » — » — Herausgegeb. von G. Regis. gr. 16. Berlin 1836.
Inhalt: W. Shakespeare's sämmtl. lyrische Gedichte. (Sonette. Der verliebte Pilger.) — Zwischenspiel aus Thom. Middleton's Mayer von Quinborough, mit einem Vorwort. — Einleitung zu Shakespeare's lyrischen Gedichten. — Anmerkungen zu den Sonetten u. zum verliebten Pilger. — Nachtrag.

— » — Bestimmung. Schauspiel in 1 Akt.
In: Deutsches Theater v. K. Stein. gr. 8. Berlin 1819.

— » — Blumenlese aus Shakespeare's Werken. Eine Mustersammlung der edelsten Gedanken d. grossen Dichters. Mit beigefügtem Originaltext. gr. 16. (156 S.) Magdeburg 1872. Harder. M. 2. —

— » — Denkmal in der Shakespeare-Galerie zu London, gestochen von F. Schuler. Roy. Fol. Leipzig 1830.

— » — Stahlstiche zu Shakespeares dramatischen Werken. In 3 Lfgn. gr. 16. (à 3 Stahlst.) Berlin 1854—55. G. Reimer. à M. 1. 20

— » — in Deutschland am Tage seiner Jubelfeier. Ein dramat. Scherz und Ernst in e. Vorspiel u. 2. Acten. 16. (32 S.) Würzburg 1864. Richter. —. 50

4

Shakespeare's Ganze Figur. Nach Raubillac's Natur und den verlässigsten Urbildern in Stahl gestochen von E. Schuler. ¹/₇ Imp. Folio. Mit einer Charakteristik d. Dichters von G. Pfizer. Stuttgart 1838.

— » — Illustrationen zu Shakespeare's dramat. Werken nach Zeichngn. engl. u. französ. Künstler. Nebst 1 Portr. u. Facs. Shakespeare's (in Stahlst.) Mit begl. Texte, enth.: e. kurze Analyse sämmtl. Stücke, die zu den dramat. Scenen gehör. Stellen in engl. u. deutscher Sprache, u. e. Biographie Shakespeare's. 2. wohlf. (Titel-) Ausg. Lex. 8. (161 S. m. 40 Holzschn. Taf.) Leipzig. (1847). Schrag's Verl. M. 4. 50

— » — Galerie, neue. Die Mädchen und Frauen in Shakespeare's dramatischen Werken. In Bildern und Erläuterungen. 4. Leipzig 1847. Inhalt: Miranda. — Julia. — Silvia. — Frau Fluth. — Frau Page. — Anna Page. — Olivia. — Maria. — Viola. — Isabella. — Marianne. — Beatrice. — Hero. — Titania. — Prinzessin von Frankreich. — Jessica. — Portia. — Rosalinda. — Celia. — Käthchen. — Helena. — Katharine. — Mopsa. — Perdita. — Lady Macbeth. — Constanze. — Lady Percy. — Katharina von Frankreich. — Johanna d'Arc. — Margarethe. — Königin Margarethe. — Lady Grey. — Lady Anna. — Anna Bullen. — Königin Katharina. — Kressida. — Virgilia. — Portia, das Weib des Brutus. — Kleopatra. — Imogen. — Lavinia. — Cordelia. — Julia. — Ophelia. — Desdemona.

— » — » — » — 2. Aufl. (45 Stahlst. m. X u. 180 S. Text) Leipzig 1857. Brockhaus. M. 36. —
geb. M. 39. —

— » — » — » — 3. Aufl. 1866. M. 36. —
geb. M. 39. —

— » — Illustrationen zu Shakespeare's dramatischen Werken. 40 chemietypirte Blätter, mit Shakespeare's Portrait u. Facsimile. Lex. 8. Lpzg. 1849.

— » — Charaktere und Scenen aus Shakespeare's Dramen. Gezeichnet v. Max Adamo, Heinr. Hoffmann, Hans Makart, Frdr. Pecht, Fritz Schwörer und A. 36 Blätter in Stahlst. Gest. v. Baukel, Goldberg, Raab, Schultheiss u. a. Mit erläut. Text v. Frdr. Pecht. (In 12 Lfgn.) Leipzig 1870—75. Brockhaus. M. 48. —

— » — Goldene Worte aus Shakespeare's dramatischen Werken. Ausgewählt v. Jul. Wolff. gr. 8. (X u. 270 S.) Berlin 1872. Lipperheide. M. 3. —
geb. m. Goldschn. M. 4. 50

— » — als Liebhaber. Lustspiel in 1 Akt. In »Kurländer, Almanach dramatischer Spiele.« 8. Band. 12. Wien 1819.

— » — -Literatur, die, in Deutschland. Vollständiger Katalog sämmtl. in Deutschland erschienenen Uebersetzungen W. Shakespeare's sowohl in Gesammt- als Einzel-Ausg., aller bezügl. Erläuterungs- und Ergänzungsschriften, wie endlich aller m. ihm in irgend einer Beziehung stehenden sonstigen liter. Erscheinungen. Von 1762 bis Ende 1851. Supplement zu allen Uebersetzungen und Erläuterungsschriften W. Shakespeare's. 8. (44 S.) Cassel. 1852. Balde. —. 75

— » — Museum. Zeitschrift f. Geschichte u. Pflege d. Shakespear-Studiums u. Shakespear-Cultus, Organ f. Frage und Antwort, f. Rede und Gegenrede in Shakespear-Sachen. Ein literarisch dramaturg. Erörterungs- u. Verständigungsblatt f. Shakespear-Forscher u. Shakespear-Freunde. Hrsg. v. Max Moltke. 1. Bd. 24 Nrn. Lex. 8. Leipzig 1871. Shakespeare-Verlag. pr. 6 Nrn. M. 3. —

Shakespeare's Portrait mit einem Facsimile seiner Handschrift; gezeichnet und lithogr. von Jul. Schieferdecker. Brustbild. Folio. Leipzig.

— » — Sturm. Historisch beleuchtet von K. J. Clement. gr. 8. Leipzig 1846.

— » — und seine Freunde, oder das goldene Zeitalter des lustigen Englands. Nach dem Englischen von W. Alexis. 3 Theile. gr. 8. Berlin 1839.

Shakespeareiana. Verzeichniss v. Schriften von u. über Shakespeare. Zur Feier d. 300jährigen Jubiläums am 23. April 1864. gr. 8. (16 S.) Wien 1864. Czermak. —. 20

Siebel, Carl, Dichtungen zur Shakespeare-Feier d. Künstler-Vereins Malkasten in Düsseldorf. gr. 8. (30 S.) Barmen 1864. W. R. Langewiesche jun. —. 75

Sievers, Dr. E. W., Ueber die Grundidee von Shakespeare's Othello. 4. Gotha 1851.

— » — William Shakespeare. Sein Leben und Dichten. 1. Bd. gr. 8. (XVI u. 534 S.) Gotha 1866. Besser. M. 6. 60
Es ist nur dieser eine Band erschienen.

Sillig, P. H., Die Shakespeare-Literatur bis Mitte 1854. Ein bibliograph. Versuch, eingeführt von Prof. Dr. H. Ulrici. gr. 8. (VIII u. 100 S.) Leipzig 1854. Dyk. M. 2. —

Simrock, K., Shakespeare als Vermittler zweier Nationen. Probeband: Macbeth. gr. 8. Stuttgart 1843.

— » — Die Quellen d. Shakespeare in Novellen, Märchen u. Sagen m. sagengeschichtl. Nachweisgn. 2. Aufl. 2 Thle. gr. 8. (VII u. 372 S. u. IV u. 346. S.) Bonn 1870. Marcus. M. 8. —

— » — 2. Aufl. Neue Ausg. 2 Thle. gr. 8. (XII u. 372 S. u. IV u. 346 S.) Bonn 1872. A. Marcus. M. 8. —

Skottowe, Aug., W. Shakespeare's Leben. Deutsch bearbeitet von A. Wagner. Mit Shakespeare's Bildniss. 16. Leipzig 1824.

Solling, Gust., Passages from the works of Shakespeare selected and translated into german, (including the english text.) — Ausgewählte Stellen aus Shakespeare's Werken übers. (mit gegenübergedr. Orig.) 8. (X u. 155 S.) Leipzig 1866. Brockhaus. M. 2. 40

Stahlstiche zu Shakespeare's dramatischen Werken in einem Bande. 16 Blatt. Lex. 8. Stuttgart 1839.

— » — zu Shakespeare's sämmtl. Werken, nach Zeichnungen v. Ludwig Richter in Dresden, gestochen von H. Sager. 12 Blatt. Berlin 1850.

Stahr, A., Shakespeare in Deutschland. Abgedruckt im »Literar-historischen Taschenbuch«, herausgegeben v. R. Prutz. Jahrgg. 1843. gr. 8. Leipzig 1843.

Stark, Dr. Carl, König Lear. Eine psychiatrische Shakespeare-Studie
für das gebild. Publicum. gr. 16. (VIII und 96 S.) Stuttgart 1871.
Lindemann. M. 1. 80
Stedefeld, G. F., Hamlet ein Tendenzdrama gegen d. Weltanschauung
des Michael de Monteignac. Berlin 1871.
— » — Die christlich-germanische Weltanschauung in den Werken
Wolfram von Eschenbachs, Dante's und Shakespeare's. Berlin 1871.
Stein, Leop., D. Dichters Weihe. Dramatisches Bild aus Shakespeare's
Jugendleben. In 2 Acten. Zur 300jähr. Jubelfeier, begangen am 23.
April 1864, als William Shakespeare's Geburts- und Todestage. 12.
(47 S.) Frankfurt a. M. 1864. Hermann'sche Buchh. —. 60
Storffrich, D. B., Psychologische Aufschlüsse üb. Shakespeare's Hamlet
8. 159 S. Bremen 1859. Kühtmann & Co. M. 2. 40
Sträter, Privatdoz. Dr. Th., die Composition von Shakespeare's Romeo
u. Julia. Drei Vorlesungen, gehalten zu Bonn 1861. Marcus. M. 1. 50.
Struve, Lehr. Dr. E. A., Studien zu Shakespeare's Heinrich IV. gr. 4.
(29 S.) Kiel 1851. Schwers in Comm. M. 1. —
Taschen-Calender, Goettinger, vom Jahre 1787. Mit 12 Kupfern von
Chodowiecki zu Shakespeare's lustigen Weibern von Windsor. 16.
Altenglisches Theater, oder Supplemente zum Shakespeare, übers.
u. hrsg. v. L. Tieck. 2 Bände. 8. Berlin 1811.
Inhalt: König Johann von Engelland, — Georg Green, der Flurschütz von Wacke-
field. — Pericles, Fürst von Tyrus. — Lokrine. — Der lustige Teufel von
Edmonton. — Das alte Schauspiel vom König Leir und seinen Töchtern.
Tieck, L., Deutsches Theater. 2 Bände. Leipzig 1817.
— » — Shakespeare's Vorschule. 2 Bde. Berlin 1817.
— » — Ueber Shakespeare's Sonette, nebst Proben einer Uebersetzung
derselben. In der Penelope für 1826.
— » — The life of Poets. A novel. Translated from the german. 8.
Leipzig 1830.
— » — Dramaturg. Blätter, hrsg. v. Eduard Devrient. 2 Bde. 8. Leipzig
1848.
— » — Ueber Shakespeare's Midsummer-nights-dream. Eine Studie.
Wernigerode 1854. M. 2. —
Titelkupfer, zu Shakespeare's dramatischen Werken. 14 Blatt. 16.
Stuttgart 1839—40.
Tschischwitz, Benno, Shakespeare's Staat u. Königthum. Nachgewiesen
aus der Lancaster-Tetralogie. 8. (IV u. 69 S.) Halle 1866. Buchh.
des Waisenhauses. M. 1. 20
— » — Shakespeare's Hamlet in seinem Verhältniss zur Gesammtbildung,
namentlich zur Theologie u. Philosophie der Elisabeth-Zeit. gr. 4.
(21 S.) Halle 1867. Barthel. M. 1. 50
— » — Shakespeare's Hamlet, vorzugsweise nach histor. Gesichtspunkten
erläut. 8. (XI u. 225 S.) Halle 1868. Barthel.
— » — De ornantibus epithetis in Shakespearei operibus. Halle. 1871.
Tuckerman, Henry, T., Charakterbilder englischer Dichter. Aus dem
Engl. übers. v. Emil Müller. gr. 12. (XV u. 307 S.) Marburg 1857.
Elwert. M. 2. 50

Uhlmann, J., Shakespeare im 16. Jahrhundert für die englische, Schröder
im 18. Jahrhundert für die deutsche Nation. 8. Wien 1783.
Ulrici, H., Ueber Shakespeare's dramatische Kunst u. sein Verhältniss
zu Calderon und Göthe. gr. 8. Halle 1839.
— » — Shakespeare's dramatische Kunst. Geschichte und Characteristik
des Shakespeare'schen Dramas. gr. 8. Leipzig 1847.
— » — » — » — 3. neu bearb. Aufl. 3 Thle. gr. 8. (VIII u. 429;
XII u. 546; VI u. 225 S. m. 1 Stahlst.) Leipzig 1874. T. O. Weigel.
M. 18. —
Umrisse zu Shakespeare's Sturm in zwölf Blättern. Mit scenischen Text-
stellen in englischer, deutscher, französischer und italienischer Sprache.
Halbgr. Folio. 17 Bogen Text. London 1836.
Vehse, Dr. E., Shakespeare als Protestant, Politiker, Psycholog u. Dichter.
2 Bände. 8. Hamburg 1851.
Verein, allgemeiner, f. deutsche Literatur. 2. Serie. 1875. (7 Bde.) 3.
Bd. gr. 8. Berlin 1875. Hofmann's Sep. Cto. geb. M. 6. —
Inhalt: Shakespeare's Frauencharaktere. Von Frdr. Bodenstedt. (XIII u. 345 S.)
Vischer, Fr., Shakespeare in seinem Verhältniss zur Poesie, insbesondere
zur politischen.
Abgedruckt in: Prutz, Literar. Taschenbuch 1844. 8. Leipzig 1844.
Vogt, Nicolas, Shakespeare's Beruf und Triumph. 8. Mainz 1792.
Wagner, Prof. Dr. Wilhelm, Shakespeare und die neueste Kritik. Zur
Orientirung. 8. (IV u. 125 S.) Hamburg 1874. Nolte. M. 2. 40
Warnekros, H. E., Der Geist Shakespeare's. 2 Theile. 8. Greifswalde
1786.
Werder, K., Vorlesungen über Shakespeare's Hamlet. Berlin 1875.
M. 4. 60
Werner, Die Elisabethanische Bühne nach Ben Johnson. 1878.
Wille, E., William Shakespeare nach Clemente Robert. Leipzig 1844.
M. 5. 25
Winterfeld, A. v., Shakespeare. Nach authent. Quellen und eigenen
Forschungen. 16. (44 S.) Berlin 1864. Grosse. —. 50
Wiseman, Erzbisch. Nicol. Card., William Shakespeare. Autoris. Ueber-
setzg. 12. (102 S.) Köln 1865. Bachem. —. 75
Wolff, Goldene Worte aus Shakespeare's dram. Werken. Berlin 1872.
Wölffel, Ueber König Lear u. d. Wintermärchen. 1855. 59.
Ziegler, Fr. W., Hamlet's Charakter nach psychologischen u. physiolo-
gischen Grundsätzen, durch alle Gefühle und Leidenschaften zer-
gliedert. 8. Wien 1803.

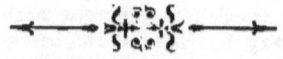

54

5. Alphabetisches Namensverzeichniss der Autoren, Uebersetzer etc.

56

6. Chronologie der Entstehung der Schriften Shakespeare's.

1586	Schön Emma.
1586—1593	Lokrine.
1587—1589	Titus Andronicus.
1587—1592	Pericles, Fürst von Tyrus.
1588	Der alte König Johann von England.
1588—1602	Leben und Tod des Thomas Lord Cromwell.
1589—1595	König Heinrich VI. 3 Theile.
1590—1591	König Eduard III.
1590—1600	Der lustige Teufel von Edmonton.
1591—1593	Die Komödie der Irrungen.
1591—1594	Verlorne Liebesmühe.
1591—1595	Die beiden Edlen von Verona.
1591—1598	Ende gut, Alles gut.
1592	Arden von Feversham.
1592—1595	Hamlet.
1592—1595	Romeo und Julie.
1592—1598	Ein Sommernachtstraum.
1593—1597	König Richard III.
1594	Das alte Schauspiel vom König Leir und seinen Töchtern.
1594—1606	Der Wiederspänstigen Zähmung.
1595—1597	König Richard II.
1596—1597	König Heinrich IV., erster Theil.
1596—1611	König Johann.
1597	Mucedorus.
1597—1598	König Heinrich IV., zweiter Theil.
1597—1598	Der Kaufmann von Venedig.
1597—1599	König Heinrich V.
1598	Sir John Oldcastle.
1599	George Green, der Flurschütz von Wakefield.
1599—1600	Viel Lärm um Nichts.
1599—1600	Wie es Euch gefällt.
1599—1614	Der heilige Dreikönigsabend, oder: Was ihr wollt.
1600	Die Puritanerin, oder: Die Wittwe in der Watlingstrasse.
1601—1608	Troilus und Kressida.
1601—1611	Ein Wintermärchen.
1601—1614	König Heinrich VIII.
1601—1614	Maas für Maas.
1601—1614	Timon von Athen.
1602—1612	Othello.
1603—1605	König Lear.
1604—1605	Der Londoner verlorne Sohn.
1604—1605	Die lustigen Weiber von Windsor.
1604—1608	Ein Trauerspiel in Yorkshire.
1605—1610	Cymbeline.
1606—1607	Julius Caesar.
1606—1610	Macbeth.
1607—1608	Antonius und Kleopatra.
1608—1610	Coriolan.
1611—1614	Der Sturm.
1612—1613	Die Geburt des Merlin.

Druck von Knorr & Hirth in München.